U0055836

# 稻荷神吃飽飽

## 小狐狸們開飯囉！

松幸果步 著

# 菜單

八木原宗佑（やぎはら そうすけ）
秀尚在飯店工作時的前同事，感覺不太擅長人際交往。
加之原秀尚（かのはら ひでひさ）
京都小餐館「加之屋」的主廚，二十六歲，個性直率且重情義。
神原（かんばら）
秀尚的可靠前輩，和八木原在同一個職場中工作，很會照顧人。
宇宇（うーたん）
突然出現的神秘女孩，本名不明，最喜歡「咩咩」做的歐姆蛋。
冬雪（とうせつ）
六尾稻荷。身兼與本宮的聯絡工作和「狹間之地」的守衛工作。
白狐大人（びゃっこ）
住在本宮，是陽炎等稻荷們的長官。白色九尾狐，總而言之是很神秘的存在。

登場人物介紹
illustration テクノサマタ
陽炎
かぎろい
六尾稻荷，負責「狹間之地」的守衛工作。個性開朗，擅長炒熱氣氛。
薄緋
うすあけ
「萌芽之館」的館長兼幼保狐狸。雖然很溫和，但生氣起來最恐怖。
時雨
しぐれ
娘娘腔（？）稻荷神，哭痣是他的迷人之處，其實相當喜歡照顧人。
白妙
しろたえ
在本宮工作的女官，覺得自己的主人「超級」可愛。
淺蔥&萌黃
あさぎ もえぎ
雙胞胎狐狸。淺蔥活潑、萌黃文靜，但兩人都很頑固。
壽壽
すず

# 一

京都市郊外某處，山麓稍微往上、山腰又稍微往下的地方，有間小小的餐館「加之屋」。

一樓是店舖，二樓是住家，年僅二十六歲就獨自操持一家店的老闆加之原秀尚單獨住在二樓。

加之屋的公休日是每週二和雙週的週三，今天是週二公休日，但二樓傳來歡鬧的開心聲音。

「大家都準備好了嗎？」

秀尚一問，三、四歲左右，身穿作務衣排排站好的孩子們，精神飽滿地舉起手說：「好了。」

每個孩子的髮色都比日本人還淡，但這不是染的，而是天生的。順帶一提，他們眼珠顏色也很淡。

他們的眼睛興奮期待得閃閃發亮，全看著秀尚。

「那麼，大家就跟平常一樣玩遊戲吧。」——

說完後，孩子們一開始相當不自在，但在秀尚說「那我們來玩撲克牌，玩抽鬼牌吧」後，所有人都乖乖應好，圍成圓圈坐下來。

秀尚腿上被兩隻看似小狗的動物占據。

孩子加上秀尚後超過十個人，所以用兩副撲克牌混合後發牌。孩子們小手拿著發好的牌，把成對的牌抽掉，做遊戲準備。

有個怪異的身影，偷偷靠近認真抽牌的孩子身後，突然響起「碰！」的巨大爆裂聲。

下一個瞬間，

「呀！」

瘋狂尖叫聲響起，秀尚腿上如小狗般的動物最先逃進還沒收起來的暖爐桌下，其中一個孩子也跟著消失其中。

其他孩子當中，有四個孩子消失身影，取而代之的是，出現了和逃進被窩中相同的動物，正在房裡四處亂跑，腳被絆倒後跌倒，或者是滑倒翻了個筋斗後往拉門撞上去，拉門隨之倒下。

——希望拉門沒有被撞出破洞啊……

看見這混亂的場面，秀尚不禁嘆氣。

剩下的孩子壓著頭和屁股坐立不安，其中一人被仍慌張到處亂跑的動物直接撞上膝蓋後一歪，失去平衡放手的瞬間，可愛的耳朵和尾巴從他的頭上和屁股冒出來。

「嗯～～結果比我想像的還更慘耶。」

打破紙氣球創造出巨大聲響的當事人悠哉地說道。

「哎呀，說正如預期也是正如預期啦……十重、二十重，妳們冷靜一下。」秀尚抓住還在到處跑的小動物，抱在腿上安撫。

「……！……碰一聲！」

「好大聲喔！」

抱在腿上的兩隻動物抬頭看秀尚，眼泛淚光地痛訴。

清楚用著人類的語言。

剩下兩隻則被創造出聲響的人抱起來安撫。

「你們這些小鬼，得再多加修練才行啊。」

整體有著淡色肌膚與髮色，纖細且容貌姣好的帥哥，不慌不忙對著懷中的兩隻動物說，而那兩隻果然還是用人類的語言抗議：

「陽炎大人好過分！」

「請不要這樣嚇人！」

老實說這是一幅難以想像的光景，但這在加之屋卻顯得很稀鬆平常。

說起為什麼會發生這稀鬆平常的混亂，就得把時間拉回上週。

＊

「哇……看起來好好吃。」

「感覺好好吃喔……」

上週二，和今天相同身穿作務衣的孩子們聚集在加之屋的二樓。

孩子們頭上長著蓬鬆的直挺挺漂亮耳朵，屁股附近長著毛茸茸的尾巴。

沒錯，正如他們的外表所示，這些孩子不是人類的小孩。

他們身上有將來成為稻荷神——正確來說是稻荷神的使者，但在秀尚的認知中與神明無異——的潛力，也就是神明候補生。

平常，他們在人類居住世界與神明居住世界的夾縫「狹間之地」生活。

一般來說，他們幾乎不會離開狹間之地，也根本不可能和住在人界的秀尚見面。但因為諸多因素，秀尚曾短暫住在他們生活的狹間之地，因此秀尚平安回到人界後，他們會這樣一週一或兩次，在加之屋的定休日，從午餐前到吃完晚餐的時間跑來這邊玩。

孩子們會從狹間之地他們所居住的「萌芽之館」兒童房中，拿玩具到加之屋的二樓玩，或是看秀尚替他們準備的，在人界非常受孩子們歡迎的動漫「魔法少年蒙森」DVD度過。

但他們今天似乎對夾在秀尚看的報紙中的廣告傳單非常入迷。

那是超市特賣的傳單。

「橘子、蘋果……這個是什麼？」

似乎有沒見過的水果，名叫淺蔥的孩子歪過頭。

「這個沒有在狹間之地的田裡見過。」

淺蔥的雙胞胎兄弟萌黃也跟著歪頭。

「那肯定是『怪獸果實』啦！這個是頭髮，這個一粒一粒的一定是『眼睛』啦！」

名為豐峯的孩子興奮表示。

「怪獸果實！」

「吃了就會變成怪獸嗎？」

淺蔥和萌黃認真地說，其他孩子們也「喔喔～～」、「好恐怖喔……」地說出感想。

離他們有一段距離，腿上空間被小狐狸們占領的秀尚看著他們噴笑。

「人界沒有那麼恐怖的食物啦，你們是在說哪個啊？」

秀尚一問，萌黃手拿傳單，和其他孩子們一起靠過來。

「這個！」

看見傳單上的照片，秀尚對孩子們豐富的想像力感到莞爾，接著告訴他們：

「這是叫鳳梨的水果。」

雖然傳單上用片假名寫著「鳳梨」，但孩子們現在才勉強能認得平假名而已。因此他們讀不出來。至於用片假名書寫的「橘子」、「蘋果」，他們也不是讀字，而是因為狹間之地有種這些水果，所以才認得。

「鳳蘋……」

「鳳蘋是怎樣的水果？」

知道名字後，開始好奇那是怎樣的東西。

「不是鳳蘋，是鳳梨。啊，但是看英文，後面的確是接蘋……」

名叫十重的孩子，眼睛閃閃發亮地看著思考著無關緊要事情的秀尚問道：

「加之哥哥，鳳蘋是什麼味道？」

「甜甜的？酸酸的？」

她身邊的二十重，眼睛也正閃閃發亮。

十重和二十重與淺蔥和萌黃相同都是雙胞胎狐狸，而且是相當罕見的女孩子。

不知道緣由，但稻荷神的女性比例極低。萌芽之館現在也只有十重和二十重是女孩子，但她們與其他孩子都有相同強烈的好奇心以及活潑個性。

「這個嘛……鳳梨酸酸甜甜的吧。如果沒有完全熟透，還會有種刺刺的感覺。」

秀尚的說明大概引起孩子們的興趣，

「想要吃吃看！」

「想要吃！」

開始連聲呼喊：「想吃。」

小狐狸模樣的孩子也配合著呼喊聲蹦蹦跳跳。

「我還在狹間之地時，做過的水果汽水裡面就有放鳳梨啊。」

聽到秀尚這句話，孩子們歪著頭：

「不記得了。」

「是怎樣的東西啊？」

甚至還問秀尚鳳梨是怎樣的東西。

「黃色的，因為那是罐頭所以應該不酸。」

秀尚說完後，孩子們面面相覷後七嘴八舌：

「不知道～～」

「不知道耶～～」

在這之中，萌黃指著同一張傳單上的水果問：

「加之哥哥，這個很像毛短短的栗子毬果的東西叫什麼名字？」

「那是Kiwi，奇異果。這種裡面是綠色的，黃色的那種表面沒有長毛。」

「Kiuri。」

「Kyuri，小黃瓜？」

「原來有這麼圓的小黃瓜啊……」

大概因為沒聽過，大家開始把發音置換成認識的食物中最相近的東西。

「不是小黃瓜，是奇異果。小黃瓜是蔬菜對吧？奇異果是水果。」

「那是甜的嗎？」

「裡面黃色的是甜的，照片上這種是綠色的，這就有點酸。」

聽見秀尚的說明，孩子們腦海中對味道的想像不停膨脹，

「好想吃～～！」

「想吃！」

七嘴八舌騷動起來。

「嗯～～今天沒有辦法耶，我沒有先買起來，所以要出去買才行。」

雖然會因為菜單和庫存改變狀況，但加之屋基本上每天都會進貨。今天是公休日，昨天進貨時也順便把今天孩子們要吃的東西買好了。

「那麼，我們出去買東西吧！」

萌黃用一副「我想到好點子了」的表情提議。

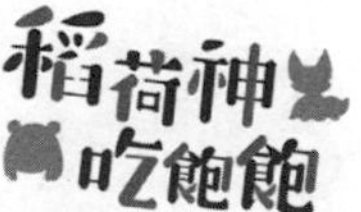

但這些孩子們就算知道「買東西」這動詞，可能也根本不清楚到底是怎麼一回事。

因為這些孩子們被看出有稻荷候補生的潛力，被帶往狹間之地前，都是在人界山中生活的普通狐狸，到狹間之地後也幾乎沒離開過。

加之屋是例外，但他們也沒有出去店外過。

這是因為，他們身上長著漂亮的耳朵和尾巴。

而且還露在外面，藏也藏不起來。

據說能力隨著成長增強後就能把耳朵、尾巴藏起來，但現在基本上都還是露在外面。

順帶一提，力量還很弱小的孩子仍是狐狸模樣，但是會說人話。

帶著如此奇怪的他們上街，恐怕立刻就會被抓進研究機構裡。

而且，帶著不知道「買東西」是怎麼回事的他們上街，不知道會引起什麼騷動，光想像就令人畏懼。

「不行。」考慮眾多因素後，秀尚一口回絕。

「為什麼！想去啦～～」

「想去～～」

「去嘛去嘛～～！」

淺蔥、萌黃和豐峯三個人開始吵鬧。

「不行，你們沒辦法把耳朵和尾巴藏起來吧？」秀尚立刻回應。

「沒問題，我們會戴好帽子。」

「尾巴可以藏在衣服裡面啦！」

萌黃和淺蔥拚命說服。

「那麼大一對耳朵，帽子可藏不住。還有尾巴，你們高興、開心時就會搖尾巴，那也沒辦法藏在衣服裡啊，絕對藏不住。」

回想他們平常的樣子，不管怎麼做都絕對行不通。

但他們也不是會乖乖退讓的孩子。

「不要～～！」

「想～要～去～！」

「想要去～～」

孩子們連聲抗議，但秀尚充耳不聞。

孩子們同聲齊喊「想要去」後，又接著異口同聲喊「買東西、買東西」，還跳起舞來。

一開始他們各自蹦蹦跳跳隨意舞動，接著動作逐漸統一，說第一次「買東西」時把屁股朝右搖尾巴，第二次時把屁股朝左搖尾巴，第三句「買東西」時就朝向正面雙手舉高跳一下，第四次時，排成兩列的隊伍以中央分界、左右對稱，身體側身面向中央，揮動擺在身後的手，最後用「想要去」做結尾。

仍是狐狸模樣的孩子配合著他們左右搖尾巴，最後還裝可愛地稍微歪頭。

「買東西，買東西，買東西，買東西，想、要、去！買東西，買東西，買東西，買東西，想、要、去！」

他們用完美攜手合作跳出漂亮的「想要去買東西之舞」來抗議。

「今天晚餐的兒童套餐，想要在飯上插旗子的人舉手。」

秀尚一問完，所有人立刻舉手：

「要插旗子！」

「我要日本國旗！」

「豐峯也要！」

「我要英國國旗！」

「想要去買東西之舞」瞬間宣告結束。

「那我們現在一起做旗子吧，來割圖畫紙囉～～」

秀尚說完後，從素描簿上撕下幾張紙，依孩子的數量裁成適當大小做準備。

大家開始畫起喜歡的圖樣。

狐狸模樣的孩子沒辦法拿筆，所以由秀尚代勞。

「加之哥哥，我要海盜船的旗子！」

「我也要！」

「小壽要花花。」

小狐狸分別提出要求。

小壽——壽壽是孩子中最小的一個，以前雖然能理解人話卻不會說。最近他終於能變成人形，但失敗機率極高，常常仍是小狐狸的模樣，像今天也是如此。

「我知道了，我照順序畫，等一下喔。」

秀尚說著，邊畫海盜旗，心裡也鬆了一口氣，想著：「順利呼嚨過去了。」

但是——

「孩子們吵吵鬧鬧說想要去買東西，但是『加之哥哥不肯帶我們去』喔？」

兩天後，晚上營業時間結束後，陽炎來到加之屋，在廚房工作檯旁的椅子上坐下說道。

秀尚不禁苦笑。

「他們還沒忘記啊……」

陽炎口中的「孩子們」就是淺蔥和萌黃這些稻荷候補生，認識他們的陽炎也不是普通人。

他是孩子們的前輩，也就是如假包換的稻荷神。

「咦~什麼、什麼?小不點們怎麼了嗎?」

興高采烈提問的是比陽炎還早來店裡、同為稻荷神的時雨。時雨有顆哭痣,俊美外貌非常適合用「美豔」來形容,但他的身高比陽炎高,而且是男性。

這間「加之屋」,白天是提供一般菜單給普通人類的小餐館,但晚上五點結束營業後,就成為稻荷神們幾乎每天光臨的居酒屋。

這全是因為秀尚待在狹間之地的時候,他利用替孩子們做飯時多的食材做下酒菜給他們吃,因而讓廚房變成簡易居酒屋,現在秀尚回到人界後,居酒屋也繼續經營著。而稻荷給他的回報就是「加之屋生意興隆得恰到好處」,實際上加之屋的生意很好。

因為沒錢打廣告,基本上只能靠社群網站宣傳,以前工作飯店的主任和同事也會來,然後在部落格及社群網站上發文等等,靠著口耳相傳替他宣傳。儘管餐館位置交通不便,但還是有人看見文章後特地前來,甚至變成常客。

多虧如此,餐館的生意很好,並且大家光臨的時間也互相錯開,不會發生上菜太慢氣跑顧客的狀況,翻桌率不錯、尖峰時間也長,沒有「一個人根本忙不過來啊!」的感覺,可說是理想狀態。

當然,稻荷神也會在針對人類顧客營業的時間,化身成人形跑來吃飯。

稻荷神中,有調查人類動向以及直接與人類接觸,調查「願望的實現方法」和「思

考變化」等事情的，除此之外也有幾個身兼特殊任務而混在人群中生活的稻荷。

時雨就是其中一位，他在人界是個普通的上班族。

但不知為何他帶著娘娘腔的語調，就這點不太普通。

「前幾天孩子們看見超市的傳單，因為有沒看過的水果，他們就吵著要吃。然後我說要先去買才有辦法吃之後，又開始大吵要我帶他們去買東西……我有說耳朵和尾巴藏不起來不能去，當時也有把話題帶開，我還以為他們會直接忘記耶，看來似乎是沒辦法了。」

「他們那個耳朵和尾巴嘛，就算是萬聖節也有點行不通。」

時雨用一副「這也是理所當然」的表情說著，陽炎也點點頭。

他們的耳朵和尾巴說是假的大概也沒人信。

成人稻荷們，即使知道營業時間結束後不會碰到其他人類，但他們來店裡時為了慎重起見，也會把耳朵和尾巴藏起來。

考慮這點後，孩子們沒長大到有能力自行藏起來為止，都沒辦法讓他們出現在有人類的地方。

「雖然這樣說，但你覺得那些小鬼聽完這個說明就會乖乖聽話嗎？」

陽炎這句話讓秀尚不禁喊出：「啊……」

孩子們很可愛，也很少提出任性要求，但「偶爾」出現時，可是頑固到煩人。

「那就給出什麼要求或是條件之類的嗎？如果給條件，通過條件後也只能帶他們去了……話說回來，小秀，你現在能最快端出什麼？小菜吃光了啦。」

時雨把空盤拿給秀尚看。

「啊，對不起，我馬上做下一個。陽炎先生，這是今天的小菜。」

因為陽炎一來就立刻提起孩子們的事情，秀尚完全停下做菜的手。

把小盤子拿給陽炎後，秀尚又從冰箱裡拿出魚肉切綜合生魚片給時雨。

「喔，今天的小菜是鮪魚沙拉啊。」

「非常好吃喔～～」

陽炎說完，時雨立刻回應。

雖說是小菜，但也只準備兩、三盤，吃完後才來的稻荷就沒有小菜可吃了。

但那時大多已變成大家拿小盤子分食大盤料理的狀態，所以大家也不在意。

而且，他們在居酒屋時段的餐飲費，以及送餐到萌芽之館給孩子們吃的費用，秀尚完全沒收取。

因為這些全當成讓店裡生意興隆的供品看待。

雖然這樣說，但也不是完全免費提供。

「晚安～～」

餐館大門傳來有人上門的聲音。

店門已經鎖上了，但店門與稻荷們專用的「時空之門」相連結，所以他們可以從那邊進出。

腳步聲直直朝廚房而來，是常客稻荷之一的濱旭。濱旭是個很爽快的大哥哥，但他果然也是有副好皮相。

走進廚房的濱旭手上拿著超市塑膠袋，「你們兩個已經來了啊。老闆，這是伴手禮。」說完把袋子交給秀尚，濱旭熟門熟路地和陽炎與時雨一樣在工作檯旁的椅子落座。

「謝謝，啊，是鰹魚生魚片。」

「沒錯，我現在因為工作到高知去了一趟，在市場看見覺得好像很好吃，所以就買來了。」

濱旭也是生活在人界的稻荷，從事電腦相關的技術支援工作，常常到處出差，出差時也會從出差地來加之屋。

他出差時幾乎都會像這樣帶伴手禮來。

除此之外，狹間之地也會送來田裡採收的作物當孩子三餐用的材料，基本上酒要自備，雖然提供料理當成供品，但秀尚實際上沒花太多錢。

「然後呢，小不點們要怎麼辦？如時雨所說，通過條件就帶他們出門嗎？」

陽炎邊吃鮪魚沙拉邊問。時雨也在一旁向濱旭解釋孩子們要任性想要去買東西的事情。

「這個嘛，或許這樣比較好吧。用『不管發生什麼事情都能一直把耳朵和尾巴藏起來』當條件吧。」

秀尚說完後，濱旭邊接過鮪魚沙拉邊問：

「咦？那些孩子們有辦法藏耳朵和尾巴嗎？」

「不，應該無法。所以一開始我先幫他們藏起來，之後看他們有沒有辦法維持，這樣如何？」陽炎提出最妥當的妥協方案。

「那就用這個條件吧。順帶一提，有多少孩子感覺上能夠維持啊？」

陽炎歪頭一想：

「嗯，八成辦不到吧，剩下的兩成看運氣。」

「只能祈禱沒出現運氣超好的孩子了。」

秀尚回答後，又有新的稻荷從門口進來，居酒屋正式開始營業。

＊

接著，「加之屋」的下一個公休日到來。

孩子們滿臉笑容和陽炎在一如往常的時間來加之屋。

「加之哥哥，陽炎大人跟我們說了！」

「只要我們通過考驗，你就會帶我們去買東西，對不對？」

萌黃和淺蔥向秀尚確認。

「是啊，如果你們通過的話。」

秀尚說完後，孩子們蹦蹦跳跳地喊：「太棒了」，異口同聲說著：「好期待喔～～」

「我想要去看好多衣服～～」

「我也要！」

十重和二十重果然是女生，對時尚很有興趣。

——話說回來，不是只是要帶他們去超市而已嗎？

秀尚記得他們只是在看超市的傳單而已吧，在這一週時間內，他們的願望似乎又升級了。

「豐峯要去看玩具！」

「我也要去！」

「我想要去看很多書。」

豐峯、淺蔥和萌黃也興奮期待地闡述自己的願望。

「萌黃很愛看書呢。那麼，我幫大家把耳朵和尾巴藏起來吧。」

陽炎說道，用法術幫變身成人類的孩子藏起耳朵和尾巴，但是，

「壽壽，你的手還是狐狸手喔？」陽炎提醒隊伍最後面的壽壽。

壽壽聽到後才發現，慌慌張張再次變身，這次卻換成人腳變成狐狸腳，又再試一次後，這次維持人類的手腳，但臉變回狐狸的臉了。

「對壽壽來說還太早了吧，你要和他們一起看家嗎？」

陽炎瞄了一眼還不會變身的兩隻小狐狸，問壽壽。

今天的壽壽似乎也很難變身，這之前也常見只有手或腳還是狐狸的樣子，狀況更糟的時候連變身也辦不到。

「……小壽不可以嗎？」壽壽眼眶泛淚。

壽壽雖然搞不清楚狀況，但也很想要體驗看看大家都很期待的「買東西」是什麼。但是就連考試也不能參加讓他好傷心，眼看他的淚水就要潰堤。

「啊～～等等等等，別哭，你看。」

陽炎怕壽壽哭出來，連忙用法術把他變成人形。

「順便也把耳朵和尾巴藏起來……好了，有辦法變身成人的人，耳朵和尾巴都消失了嗎？」

陽炎問完後，大家精神飽滿地回應，另外兩隻小狐狸在旁喊著：「大家加油！」

「那麼，考試開始。」

陽炎說完後在稍遠處坐下，拿起堆在一旁的漫畫週刊。

「……陽炎大人，考試呢？」

「嗯～～已經開始了喔～～咦？我上週還沒看耶，上週的在哪？」

陽炎比起回應孩子，更認真在找上週的週刊，秀尚說：「沒有壓在下面嗎？」

「喔喔，找到了、找到了……」

陽炎小心地不弄倒疊在上面的雜誌，把要的雜誌抽出來後翻閱起來。秀尚看到他這樣，嘆了一口氣說：

「大家都準備好了嗎？」

問完後，孩子們乖乖回答：「好了～～」，秀尚接著說：「那麼，大家就跟平常一樣玩遊戲吧。」但大家腦子裡都是考試，注意著不讓耳朵和尾巴跑出來，動作相當不自然。

接著秀尚提議大家來玩平常在玩的抽鬼牌，就在孩子們專注整理手上的撲克牌時，陽炎偷偷把事前準備好的紙氣球打破——於是就引起這場混亂了。

向抱在手中的十重和二十重宣告出局後，秀尚去確認暖爐桌底下。

原本就是狐狸模樣的兩隻和另外一隻貼在一起躲在角落發抖。

秀尚指著那隻小狐狸：

「小壽也出局。」

宣布後，壽壽傷心地小小叫了一聲：「啾……」

「對不起喔，但是如果在人類面前突然變成狐狸，會引起大騷動的。」

秀尚說明後，看著其他孩子，接著對勉強保持人類外型的孩子說：

「好，大家看這邊！」

「淺蔥、萌黃和豐峯第一階段及格……殊尋，把你的手手放下來……」

名叫殊尋的孩子拚命用雙手壓住頭，但在陽炎的命令下，放棄地放下雙手。

接著正如預期，漂亮的大耳朵高高豎起。

「殊尋，出局！」

陽炎宣布後，殊尋大喊：「就差一點點耶！」雖然不知道是哪裡差一點點，但殊尋也走進失敗者的隊伍中。

加上剩下的實藤、有朝，共計五人。

「那麼，接下來繼續考試，拜託你啦。」

陽炎說完後，秀尚點點頭走出二樓房間。

這段時間內，陽炎要孩子們閉上眼睛，趁著這時候，秀尚從一樓拿了東西上來。

接著把那東西放在暖爐桌上，

「好，大家睜開眼睛看這邊！」

一說完，

「哇啊啊！」

「是鬆餅！」

「好厲害喔！有好多層！」

孩子們的歡聲響起。

秀尚拿上來的，是事前先煎好的七層鬆餅。

利用大中小各種尺寸平底鍋做出七層，還用各種水果與鮮奶油裝飾。

在孩子們眼睛閃閃發亮、聚集到桌子旁的瞬間，

「好，那邊那兩個出局！」

陽炎宣布新的出局者。

看見最喜歡的鬆餅以豪華模樣現身，實藤和有朝無法維持，耳朵和尾巴完全冒出來了。

「啊！」

「忘記了！」

兩人大聲說，

「我沒有問題！」

確認完自己耳朵和尾巴的豐峯說道，但……「豐峯很可惜，你也出局了。」陽炎宣布豐峯也出局了。

「咦？為什麼？豐峯的耳朵和尾巴都沒有跑出來耶？」

豐峯抗議，陽炎看著豐峯的腳說：

「耳朵和尾巴沒有跑出來，但你看看自己的腳。」

豐峯順著陽炎的視線看向自己的腳，小聲喊了：「啊……」

豐峯的腳變回狐狸腳了。

雖然千萬小心不讓耳朵和尾巴跑出來，卻忽略了自己的腳。

「啊～～啊。」

「太可惜了，那麼，淺蔥和萌黃呢……」

陽炎看向僅存的淺蔥和萌黃。

「淺蔥，把你背後的手手放開吧？」

陽炎咧笑說著。淺蔥雖然想逃，但還是慢慢把手放開。

「嗯～？有點鼓起來耶？」

「是……是你看錯了啦。」

「我看看。」

陽炎伸出手確認他的尾巴。

「嗯～～……應該算過關吧。」

從陽炎的表情可以理解，雖然不是完全沒有跑出來，但也不算真的跑出來，因

此相當難以判定。

判定過關讓淺蔥鬆了一口氣，陽炎轉向看萌黃。

「那麼萌黃，把你頭上的手手拿下來。」

「……嗚……」

萌黃皺起眉頭，露出不願的表情慢慢把手放下。

不知是否多心，感覺那邊微微鼓起。

「萌黃，好像有點鼓起來耶？」

陽炎說完後，萌黃回應：

「……沒、沒有問題。」

「不對不對，你的頭髮沒有那麼蓬鬆吧？」

陽炎吐槽後，萌黃突然說出絕妙藉口：

「這、這是那個……是、是睡亂頭髮了！」

陽炎沒想到他會來這一招而噴笑，秀尚也忍不住笑了。

「這樣啊，是睡亂了啊。沒想到你會來這招……好吧，你也勉強過關啦。」

陽炎說完後看著秀尚：

「怎麼辦？要再進一步縮小到一個人嗎？還是你要帶他們兩個去？」

這讓秀尚有點煩惱。如果只帶一個，隨時都能維持單手牽著捕獲……呃，是看好孩子，但帶兩個去就兩隻手都得牽著小孩了。

如此一來，感覺會相當不方便。

「這個嘛……」

邊煩惱邊看著淺蔥和萌黃，兩人都用祈禱的眼神看他，萌黃甚至眼眶泛淚像在表示「拜託帶我們兩個一起去！」地看著秀尚。

只帶雙胞胎其中一個去也很可憐，被兩人視線絆住的秀尚說：

「嗯～～那兩個人都及格了。」

說完後，淺蔥和萌黃開心地又叫又跳喊：「太棒了！」其他不及格的孩子們也圍過來對他們說恭喜。

看見這一幕，秀尚的表情不由得溫和起來，但在孩子們吃完晚餐，和值夜班的陽炎一起回去狹間之地後，到居酒屋開始營業的八點過後這段時間內，他開始不安於「我真的有辦法一打二嗎？」

萌黃文靜，就算興奮到極點應該還勉強能應付。

問題是淺蔥。

室外派且總是精神飽滿的淺蔥要是興奮到極點，一對一有沒有辦法應付都說不準。

就在他對在居酒屋時段來店裡的成人稻荷吐露不安時，

「哪時要去？如果是下週，我可以請假陪你一起去。」

時雨自告奮勇要陪同，如果和在人界融入人群生活的時雨同行，發生什麼事也能立刻處理，這點讓秀尚感到安心，決定拜託他一起去。

接著到了隔週加之屋的公休日。

「路上小心～～」

留守看家的孩子們目送換上人界童裝的淺蔥和萌黃出門。

他們旁邊站著身為稻荷的薄緋，秀尚等人出門時，薄緋會在加之屋看著孩子，他平常的工作就是在狹間之地的「萌芽之館」照顧這些孩子。

「請千萬小心。時雨閣下也一起同行，我想應該不需要太擔心。」

薄緋對著秀尚，以及前一刻才從時空之門進到店裡的時雨說。

「沒問題，交給我吧。」

時雨回答薄緋後，接著對秀尚、淺蔥和萌黃說：

「那我們差不多該出門了，這邊到公車站挺遠的。」

淺蔥和萌黃精神飽滿地回答：「好～～」，就和秀尚兩人一起離開加之屋。

＊

因為難得外出，秀尚和時雨商量，是要到處去看看好，還是待在同一個地方解決所有事情比較好，最後他們決定帶淺蔥和萌黃前往市中心的百貨公司。

「哇……香香的。」

「雖然不是花，但是有甜甜的味道。」

一走進百貨公司就是化妝品賣場，有各種香水混雜在一起後創造出來的獨特甜香。

「味道很香對吧？有些男人很討厭這種味道，但我還挺喜歡化妝品賣場的味道呢。」

時雨微笑說道。時雨的肌膚非常好——正確來說，不知道為什麼，雖然類型各有不同，但所有稻荷都有非常俊美的外貌，而且他們的肌膚都很好，不過時雨呈現的感覺果然有些不同。

「時雨先生會化妝嗎？」

「跟女孩子一樣撲粉底之類的嗎？再怎樣也不會擦粉底，頂多擦防曬乳，但也是用男性商品喔。」

時雨笑著說完後，看著秀尚的臉突然問了一句：

「小秀是不是洗完臉後就不管了啊？」

「不，我會擦化妝水。」

「乳液呢？」

「沒有，沒做到那麼多。」

秀尚回答後，時雨建議他：

「這樣不行，得好好用油脂鎖住水分才行，要不然水分會不斷流失。如果嫌擦一堆東西麻煩，就用多效合一的保養品，那很方便喔，我嫌麻煩時也會這樣用。」

「果然是因為很注意這些事情，所以你的皮膚才那麼好吧。」

秀尚佩服地說著，時雨回答：

「哎呀，你這句話還真是哄我開心。人界環境相當嚴苛，我可是拚了命防禦呢。」

他邊說邊牽著淺蔥往手扶梯走，秀尚也牽著萌黃，但第一次看見手扶梯的兩人驚訝叫著：

「樓梯會動耶！」

「有好多新的樓梯從下面一直生出來耶……！」

時雨對著驚訝的兩人解釋：

「這叫做手扶梯，第一次搭會很危險，總之我們先抱你們搭，等一下再練習自己搭喔。」

時雨抱起淺蔥搭上手扶梯，接著秀尚也抱起萌黃搭上手扶梯。

手扶梯旁貼著各樓層介紹，那裡張貼寫著「全國刀物展　於活動會場開展中！」的文字，與刀具、菜刀、剪刀等物品照片的海報。

「喔……有刀物展啊。」

「好像也有菜刀耶，你應該有興趣吧？」

時雨彷彿看穿他的心思問道。

「啊～～嗯，也不是沒有興趣啦。」

「機會難得，你去逛逛吧。我帶這兩個孩子去玩具賣場，要去別的地方時會打電話給你。」

秀尚感恩地接受時雨的提議，在兒童用品賣場的樓層把淺蔥和萌黃交給時雨後，便前往活動會場樓層。

活動會場人潮洶湧，展示、販售許多日本刀鍛造師製作的日本刀新作品，但秀尚最想看的還是菜刀和廚房剪刀等調理用具。

——雖然現在也不缺用具啦……

即使如此，光看就覺得開心，一看見新東西就湧起想嘗試看看的心情，心思搖擺不定。

但就算覺得很不錯，這些東西的價格都很高，不缺又買新東西讓他有種愧疚感，所以最後什麼也沒買就離開會場了。

走到兒童用品賣場時，時雨似乎買了什麼東西給淺蔥和萌黃，兩人很慎重地抱著袋子。

「抱歉讓你們久等了。」

「哎呀，已經逛夠了嗎？你可以慢慢逛沒關係啊。」

時雨說完，淺蔥和萌黃立刻跑到秀尚身邊。

「時雨大人買給我們的。」

「買給我們樂高積木的零件，這個萌芽之館裡沒有喔～～」

兩人非常開心地跑來報告。秀尚隔著斗篷帽子——考慮到兩人可能不小心露出耳朵和尾巴，所以讓他們穿上和小紅帽一樣的斗篷，他們可愛到像是直接從繪本中跳出來一樣——摸摸兩人的頭，看著時雨：

「這樣可以嗎？」

「什麼東西可以嗎？」

「樂高的錢我來出。」

時雨只是因為怕他一個人照顧不來兩個人，所以才陪他們一起來而已。所以感覺不能讓他多有花費。

但時雨笑了：

「你還真認真耶。不用啦，這些孩子是我們這邊的人，由我來出是理所當然的啊。」

「時雨大人說要大家一起玩才買給我們的。」

「我們有說謝謝！」

萌黃和淺蔥接著說。

「你們兩個都好乖有說『謝謝』了，乖孩子、乖孩子。」

時雨摸摸兩人的頭，兩人非常開心，要是尾巴露在外面，肯定會高興得左右搖個不停吧。

「那麼，接下來要去哪？」

時雨問完，秀尚稍微思考一下後回答：

「去地下食品賣場，補買今天晚上的食材後就回家。也不能讓薄緋先生和家裡的孩子們等太久……」

雖然到百貨公司才過三十分鐘，但花了很長的交通時間，所以原本估算就只能在這裡待一小時左右。

再加上之後的購物行程後，大概就到預定時間了。

「那我們走吧，你們兩個要自己搭手扶梯看看嗎？」

時雨問淺蔥和萌黃，兩人滿臉笑容地點頭。

「我們和時雨大人一起練習了。」

萌黃對秀尚說明。

「這樣啊，你們練習了啊，那讓我看看你們的練習成果吧。」

「好！」淺蔥和萌黃活力十足地回應秀尚。

食品賣場在地下室，因此得要搭乘往下的手扶梯。淺蔥接在時雨後面走上去，接著萌黃也準確上了手扶梯。

「喔喔，好棒喔，真厲害、真厲害。」

一誇獎，兩人都露出得意的表情。

在各樓層換搭時，兩人也順利辦到了，接著抵達地下樓層。

「今天的晚餐打算要煮什麼？」

「這個嘛，冰箱裡有……」

邊走在擺滿食品的賣場中，時雨一問，秀尚回想著冰箱裡還有哪些食材時，

「啊！」

淺蔥和萌黃同時大叫，放開牽著大人的手衝出去。

「你們兩個！」

慌慌張張喊著兩人，跟著衝上去，只見兩人在不遠處的店家前停下腳步，整個人貼在展示櫃前。

那是稻荷壽司專賣店的展示櫃。

「哇啊啊啊。」

「有好多稻荷壽司喔……」

兩人感動大喊的同時，斗篷裡明顯膨了起來。

——啊～～……耳朵和尾巴完全跑出來了……

幸好藏在斗篷裡，所以沒被銷售員和其他顧客看見，秀尚對這預料中的狀況也只能苦笑了。

「哎呀哎呀，闖禍了……」

時雨也同樣苦笑，站在兩人身後問：「你們兩個，想要買稻荷壽司嗎？」邊自然地摸摸兩人的頭和屁股，重新施展法術把耳朵和尾巴藏起來。膨脹的斗篷恢復原貌，秀尚也放心了。

「也有孩子們在家裡等，買回去當伴手禮吧。」

秀尚說完後，兩人開心大叫：「萬歲！」

銷售員看到這副模樣笑瞇眼，開始說明有哪些商品。

「我想要吃這個限定的！」

「我想要吃這個！」

聽著兩人點餐時，時雨突然發出不知所措的聲音：

「啊……」

「時雨先生，怎麼了嗎？」

秀尚一問，時雨回答：

「收到緊急召集令了，我得先走才行。」

「公司發生什麼事了嗎？」

「是另外一邊。你一個人能帶他們兩個回家嗎？」

時雨暗示這是稻荷的緊急召集令的同時，也很擔心秀尚。

「沒有問題，你路上小心。」

「謝謝，啊，買壽司的收據要留下來，你拿給薄緋閣下後，他就能請款給你。淺蔥、萌黃，我有工作要先走，你們要乖乖聽小秀的話喔？」

時雨對兩人說完，確認兩人乖乖回：「好。」後，又說：「那我先走了，對不起喔。」道歉後，腳步急促離開。

——應該是很重大的事情吧……

秀尚邊想，邊把視線拉回展示櫃上，最後選了淺蔥說的本月限定商品、萌黃說的冠上店家名稱的商品以及五目炊飯等三種口味，買足小狐狸們、薄緋的再加上自己的數量。

接著又補買最低限度的食材後步上歸途。

淺蔥和萌黃在回程電車中，剛開始的十分鐘還不停看著窗外。第一次走出加之屋外，雖然只是人界的一部分，但因為體驗未知事物的興奮而疲倦吧，過不久就睡著了。

兩人從兩側倒在秀尚身上熟睡，他們的睡臉好可愛，秀尚發現自己自然而然露出了笑容。

# 二

「好，到家了。」

秀尚打開店門門鎖，邊拉開門邊說，淺蔥和萌黃則異口同聲有朝氣地大喊：

「我們回來了～～」

大家應該都在二樓，但沒有回應相當安靜，甚至沒感受到氣息。

平常秀尚在一樓做菜時，都能聽見他們在二樓玩耍的聲音，但現在完全無聲無息。

「咦……怎麼了啊？是在午睡嗎……」

雖然時間上比平常晚，但孩子們有時會玩過頭遲遲不肯入睡，結果讓午睡時間延至此時，秀尚自行判斷今天也是如此，從店裡將門上鎖後，帶著淺蔥和萌黃一起上二樓。

「我們回來了～～」

小心不吵醒孩子，輕輕拉開拉門。

「啊！他們回來了！」

「歡迎回來～～！」

孩子們大聲迎接他們，看他們吵吵鬧鬧的樣子，就知道他們在開門前已經玩瘋了，完全不覺得是睡到剛剛，也不是故意安靜下來等他們回來。

但秀尚也不認為薄薄的拉門有辦法隔絕聲音，就在他一頭霧水之時，淺蔥和萌黃已經跑進孩子群中，向大家報告戰利品：

「時雨大人買了樂高積木的零件給我們喔！」

「買了門還有窗戶給我們，我們可以組房子了喔！」

「哇……太棒了！」

「給我看、給我看！」

孩子們高聲歡呼催促，如果是平常，此時應該會聽見薄緋說聲「真是太好了呢」，但重新環視房間，沒看見薄緋。

「咦？大家，薄緋先生去哪了？」

秀尚一問，豐峯回：

「那個啊～～好像有什麼很重要的事情，所以先回去了。」

「這個，薄緋大人要給你的。」

「他說加之哥哥回來之後拿給你。」

十重和二十重拿出信封給秀尚。

打開上面用漂亮毛筆字寫著「加之原閣下」的信封，信紙上是同樣漂亮的毛筆字，上面寫著，因為緊急召集令得回本宮一趟，因為把孩子們留在這裡，所以在二樓房間施加法術，秀尚回來之前他們都沒辦法離開房間，聲音也不會往外洩，除此之外還把壁櫥拉門與萌芽之館的兒童房相連結，可能有孩子會跑回萌芽之館。

本宮既不在人界，也不在孩子們平常生活的狹間之地，而是在完全不同時空中的神界，也是稻荷神們的總部。

——時雨先生也在中途被叫回去，大概是發生相當嚴重的事情了吧……

不知道具體發生了什麼事，秀尚邊擔心著「沒事吧？」邊數孩子的人數。

看來沒有孩子跑回萌芽之館，全員到齊。

「加之哥哥，我好像聞到很好吃的味道！」

在大家看樂高零件時，離秀尚最近的殊尋抬頭問他。

「很好吃的味道」這句話讓拿起樂高零件打算開始玩的孩子們的視線，立刻轉到秀尚身上。

接著不停吸鼻子嗅聞，

「真的耶，有很好吃的味道……」

「有很好吃的味道～～」

「加之哥哥，那個袋子裡面是什麼？」

找到味道來源後，孩子們陸陸續續靠近秀尚。

秀尚沒有聞到任何味道，但原本就是狐狸的孩子們的嗅覺果然很敏銳。

「你們的鼻子真的很靈，我們帶了稻荷壽司回來。」

秀尚拿高袋子，孩子們響起巨大歡聲。

「稻荷壽司！」

「我好愛～～好想吃～～」

孩子們手舞足蹈的可愛樣子讓秀尚露出笑容，

「我知道，所以才買的啊。等一下下，我去拿小盤子上來，淺蔥和萌黃趁現在去換衣服。」

秀尚說完後，淺蔥和萌黃一如往常乖乖地回：「好。」

秀尚走下一樓，拿了足夠人數的小盤子、飲料，以及孩子們的杯子——雖然只是拿吃完布丁的玻璃杯來用而已——放在大托盤上回到二樓，這時淺蔥和萌黃已經換回平常穿的作務衣，耳朵和尾巴也和平常一樣露在外面。

孩子們拿出摺疊桌，擺在放在外面沒收的暖爐桌旁，有規矩地坐在桌子旁等候。

「那麼，我要打開了。」

秀尚從袋子中拿出裝稻荷壽司的盒子，孩子們：「喔喔～～」地歡呼，著迷地看著稻荷壽司。

「買了三種口味，每人一種口味都有一個喔。」

秀尚邊說明邊照順序分配，在所有人都拿到後，說完：「我要開動了。」就開始吃。

「好好吃～～！」

「這個也很好吃喔！」

大家各自推薦自己正在吃的口味，秀尚看著他們，也把稻荷壽司送進嘴裡。

「喔～～這個豆皮非常入味，卻不會軟軟爛爛的。」

稻荷壽司的豆皮出乎意外難處理，想要讓豆皮入味常常會讓豆皮軟爛變形或破掉，這家店的豆皮很薄卻很有嚼勁，而且很入味。

因為是專賣店，大概用了特製的豆皮吧，裡面壽司飯的軟硬也恰到好處。

秀尚和孩子們一轉眼就把三個稻荷壽司吃掉，說完：「我吃飽了。」後，立刻又有人點餐：

「加之哥哥，我想要吃更多稻荷壽司。」

「已經吃完點心了。」

秀尚回應後，豐峯立刻接著說：

「那晚餐吃！我晚餐想要吃稻荷壽司！」

其他孩子們也開始喊：「晚餐！」一旦發展成這種狀況後，就沒辦法阻止孩子了。

「不是稻荷壽司專用的豆皮也沒關係的話，那晚餐就做稻荷壽司吧？」

秀尚提議後，孩子們全部高舉雙手歡呼。

「那我去準備晚餐，你們乖乖在這邊玩。」

秀尚說完，把孩子們的小盤子和杯子收好放在托盤上，拿起屬於薄緋的稻荷壽司，下樓到廚房。

接著立刻著手做菜。

拿出平常用在豆皮烏龍麵上的豆皮，煮成稻荷壽司用的甜豆皮，趁著煮豆皮的時間準備壽司飯的配料。

「多放一點蔬菜讓他們多吃點蔬菜……」

把紅蘿蔔、蓮藕、牛蒡切成容易與壽司飯攪拌的大小，接著同樣把原本泡水要煮高湯用的香菇切開，在泡香菇的水中加糖、醬油、味醂和酒後，把這些材料放進去煮。

煮豆皮和蔬菜時，把出門前設定時間煮好的飯倒進壽司飯桶中，邊放涼邊灑醋做壽司飯。

煮得差不多時，把煮豆皮和蔬菜的火轉小，等待材料入味，接著準備湯品。

如果只有壽司，不管加入多少蔬菜當配料，碳水化合物比重還是偏高，所以決定要煮燉蔬菜湯。

秀尚認為里芋是燉蔬菜湯的關鍵，但很不湊巧手邊剛好沒有，這次只能不放里芋，把冰箱裡的雞肉、白蘿蔔、紅蘿蔔、新鮮香菇、牛蒡、豌豆、菜豆和蒟蒻放進去。

把切好的材料放進加入高湯的鍋子中，邊撈除泡泡邊慢慢煮軟，趁此時把放涼的配料拌進壽司飯中。

接著把豆皮切成長方形與三角形兩種形狀，把壽司飯塞進去，做成關西風味與關東風味兩種款式，放在大盤子上。

做完稻荷壽司後，把墊高的榻榻米座位上的兩張桌子並排，讓所有人可以一起坐，接著把大盤子擺在大家都方便拿取的位置，擺好人數份量的小盤子和筷子後，秀尚從樓下喊孩子們下樓。

「準備好晚餐了喔，大家下來～～」

接著立刻聽見：「好～～」，孩子們乒乒乓乓跑下樓來。

「你們坐好等，我把湯端過來。」

秀尚說完後走回廚房，把蔬菜湯盛進湯碗裡，再走回來擺在桌子上，孩子們便幫忙分配湯碗。

看到所有人都分到湯碗後，

「那大家一起合掌～～」

就在秀尚打算帶著大家一起喊「我要開動了」之時，

「宇宇也要吃……」

聽見一個陌生的細小聲音。「咦？」覺得奇怪一看聲音方向，一個穿著和服，非常可愛的陌生小女孩就坐在萌黃身邊。

及肩直髮，瀏海在眉毛下方剪齊，頭頂兩側綁著丸子頭，畫著鶴和花圖樣的紅色和服相當適合她。

「……誰？」

一問坐她旁邊的萌黃，萌黃也嚇得搖搖頭。

「不認識。」

「不認識，不是哪隻狐狸變成人了嗎？」

秀尚這樣想著，確認還只能維持狐狸模樣的小狐狸，兩隻仍然是狐狸模樣乖乖坐著。

「是新來萌芽之館的小狐狸嗎……？」

看著淺蔥和豐峯想確認，他們兩人都搖搖頭。

「不知道。」

「沒有聽說有新朋友要來。」

如果不是小狐狸，那可能是人類小孩。

「那個，妳叫什麼名字？」

秀尚靠近孩子一問，她可愛笑著自我介紹：

「宇宇。」

會說名字是很好，但只說「宇宇」，有說也等於沒有說。看上去也沒有尾巴，果然應該是人類小孩。

「等……大家等一下喔！」

秀尚說完後先去確認店裡大門，大門仍維持回來時上鎖的狀態。

接著走進廚房確認後門，後門沒有上鎖。

秀尚發現她應該是從這裡跑進來的吧？走回店裡，小狐狸們對不認識的孩子有點不知所措，但那孩子一點也不在意，笑咪咪坐著。

加之屋就位於往山頂神社的路上，神社現在沒有神主，只有在重要儀式與香客較多的假日，會有其他祭拜相同主祀神的神社神主前來幫忙。

今天是平常日，神社沒有神主，香客也少。

但只是少，並非完全沒有，這孩子或許是哪位香客的小孩，不小心迷路了吧。

如果是這樣，應該會馬上發現小孩不見，來沿途唯一的這家店詢問的可能性極高。

那麼，與其立刻報警搞得太嚴重，倒不如稍微觀察一下狀況比較好。

問題是她看見了小狐狸們的耳朵和尾巴，但她年紀這麼小，就算對父母說自己看見很多有耳朵和尾巴的小孩，大概也會被認為她太害怕而想像出來的吧。

就在思考這種事情時，淺蔥開口問：

「噯～～還不能吃嗎？」

因為在喊「我要開動了」之前讓孩子們等待，大家看著眼前的晚餐相當躁動。

「啊，對不起，大家一起喊『我要開動了』之後就可以吃了喔。」

秀尚說完後，孩子們合掌異口同聲喊「我要開動了」，就從大盤子拿取稻荷壽司吃起來。

「謝謝你。」

「加之哥哥的稻荷壽司也好好吃。」萌黃笑咪咪說著。

回應後，坐在萌黃身邊的小女孩也大聲說：

「宇宇也要！宇宇也要吃！」

這讓秀尚有點猶豫。因為有多準備——如果有剩的話，打算晚上居酒屋時間拿出來，多一個小孩也沒太大影響。

會猶豫是因為不知道這孩子有沒有食物過敏，最近過敏的人越來越多，加之屋在菜單上也會加註警語。

但就在秀尚猶豫之時，萌黃已經從大盤子拿起稻荷壽司遞給小女孩。

「給妳，請用。」

萌黃說完後，小女孩毫不猶豫直接吃下萌黃手上的稻荷壽司。

「啊……」

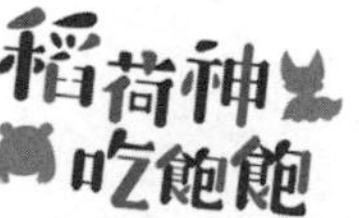

秀尚驚呼時，小女孩已經大口大口咀嚼，過了一會兒開心地大喊：

「好好吃～～！」

「加之哥哥做的飯都非常好吃喔。」

萌黃不知為何驕傲地說著，接著把小女孩吃剩的另一半放入自己口中。

雖然很開心萌黃誇獎，但秀尚更擔心小女孩的狀況。

「宇宇，妳會不會覺得哪裡癢，或是會不會肚子痛？」

秀尚自己沒有食物過敏，所以不太清楚，靠著「常見起疹子」這粗略的知識問她，觀察她的狀況。

小女孩點頭說著：「不會。」還央求萌黃：「還要吃……」萌黃又從大盤子拿取稻荷壽司，接著放在自己的小盤子上拿給小女孩。

小女孩開心笑著，自己動手拿起盤子上的壽司吃。

稍微觀察一段時間後，見她沒有異狀而且似乎很餓，所以秀尚去拿來新的小盤子，又盛了一碗蔬菜湯放在小女孩面前。

「要細嚼慢嚥喔。」

小女孩吃著壽司，「嗯！」點點頭。

大盤子中的壽司消失大半，大家的肚子都填飽，說完：「我吃飽了。」後，小女孩的家長還是沒現身。

——果然還是得報警吧。

秀尚要其他孩子到二樓去玩，只留下小女孩在一樓。接著，他聯絡警方自己店裡有個似乎是迷路的小孩。

接著秀尚把用完的餐具收進廚房後，開口問單獨坐在榻榻米上的小女孩：

「那個，宇宇，可以問一下嗎？」

小女孩「嗯！」點點頭後抬頭看秀尚，秀尚蹲在地上和她視線等高：

「宇宇，飯好吃嗎？」

「嗯！好多，好好吃～～！」

小女孩滿臉笑容回應，看來似乎是可以溝通的，秀尚想著在警方抵達時，至少能說些知道的事情比較好，因此決定問她年齡以及是和誰一起來的。

「宇宇，妳幾歲？」

秀尚問完後，小女孩豎起三根手指，精神飽滿地回應：

「十歲！」

——喂喂，妳的手和妳說出口的數字差很多耶？

雖然這樣說，他也早就預料到孩子會胡言亂語了。

而且從外表來看根本不可能十歲，應該是她手指出來的三歲比較合理吧。

「這樣啊，妳十歲了啊？」

但嘴上還是配合她說十歲。

「宇宇是怎麼來這裡的？」

又進一步問。這是想問她是搭公車來，還是家人開車來的，但，

「把門『砰』一聲。」

小女孩卻是說走進店裡的狀況。

「在那之前呢？嗯～～妳是和誰在一起呢？」

秀尚發問時，店前傳來車子駛近的聲音，大概是接到通知的警察吧。

「宇宇，妳在這邊等一下喔。」

秀尚說完後，轉開店門門鎖，拉開門。

正如他預料，警車停在店門外，兩位身穿制服的警察正好走下車。

「那個，請問是你報警通知店裡有迷路小孩的嗎？」

秀尚對其中一位親切問話的警察點點頭：

「對，是我，不好意思，你們這麼忙還勞煩你們跑一趟。」

「不會不會，然後呢，迷路的小女生在裡面嗎？」

警察問完後，秀尚說著：「請進。」領著警察進店裡。

但是，「咦？」卻不見應該坐在榻榻米上的小女孩。

「宇宇，妳在哪？」

找了座位區也找了廚房，卻沒見到小女孩。請警察稍微等一下之後也到二樓房間查看，但乖乖在二樓房間玩的孩子們也說小女孩沒有來。

——騙人的吧，明明剛剛還在這裡耶……

他的視線也才離開一、兩分鐘而已，這麼短的時間是能上哪去啊？

「不好意思，她剛剛還坐在這裡的耶……」

特地勞煩警察跑一趟，關鍵的迷路小孩卻不見了，這真的尷尬到極點，但小女孩實際上也真的不見了，這也是沒辦法的事。

但警察態度溫和地說：

「目前沒收到孩子走丟的報案，或許可能只是附近的小孩跑過來玩而已啦。」

接著留下「往後如果收到小孩走丟的報案可能會再來和他確認」以及「如果找到孩子希望能再次聯絡警方」後就離開了。

目送警方離去後，正好到孩子們要回萌芽之館的時間，所以秀尚上二樓準備送孩子回館內。

接著，為了替晚上應該會來的成人稻荷們做下酒菜，而回到一樓廚房準備時，秀尚不經意瞥了榻榻米一眼，發現那個小女孩就坐在那裡。

「……宇宇！」

秀尚驚訝喊她，小孩晃動雙腳，用「欸嘿」的表情笑著。

「宇宇，妳跑到哪裡去了？警察剛剛才來耶。」

就算這樣說，小女孩也只是歪歪頭。

——對這年齡的小孩抱怨也沒有用啊……

秀尚輕聲嘆了一口氣，拿出手機。

「宇宇，我請警察再來一次，妳這次不可以玩捉迷藏，要乖乖等著喔。」

邊說給小女孩聽，正打算要打電話時，手機突然自己關機。

「咦……？呃，怎麼了？」

著急試著重新開機好幾次，手機卻絲毫不為所動。加之屋裡沒有家用電話，如此一來，就只能順著公車路線往山下走，去找公共電話來用了。

再怎麼說也太麻煩，而且已經告知警方有迷路小孩了，家長報警後警方應該也會再來一次，秀尚有點放棄地看著小女孩。

聽說如果有幼兒失蹤，報警後立刻會展開搜索，秀尚已經告知警方撿到迷路小孩的消息，如果有符合狀況的人出現，立刻會聯絡他吧。

秀尚因此判斷，她頂多只會在這裡留一個晚上吧。

「宇宇，爸爸媽媽來接妳之前，妳可以乖乖等嗎？」

問完後，小女孩笑咪咪點頭。

——這小孩光靠這可愛的樣子就可以橫行無阻啊……

邊想邊問她：

「那我去裡面工作，宇宇可以乖乖待在這邊嗎？還是妳要去二樓的房間玩？」

沒想到小女孩回以意外的回答：

「看你工作。」

接著朝秀尚伸出雙手，「抱抱。」

——讓她留在視線可及的地方，我也比較放心。

雖然沒有放危險的東西，但她可能跳下榻榻米來玩，也可能下樓時在階梯上滑倒，除此之外孩子也常發生不可預料的突發狀況。

秀尚單手抱起小女孩，另一手拿起榻榻米上的坐墊朝廚房走去。

接著把坐墊放在成人稻荷平常坐的工作檯前的椅子上，讓小女孩坐在那裡。

「在這邊等著喔，有事再喊我。」

「嗯！」

小女孩笑著點頭，摸摸她的頭後，秀尚開始替成人稻荷們的居酒屋做準備。

說替居酒屋做準備，要是有多餘食物，也會拿到隔天加之屋中午時段的菜單上用，基本上幾乎不會浪費食物。

開始做準備後不久，

「加之原閣下，可以打擾你一下嗎？」突然有人喊他，抬起頭正好看見薄緋走

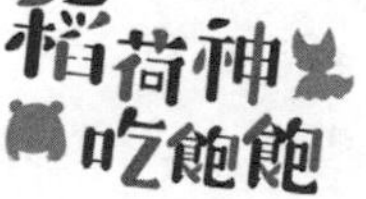

進廚房。

「啊，好，我已經讓小孩們回去萌芽之館了，發生什麼事情了嗎？」

薄緋平常負責管理孩子們生活的「萌芽之館」，他也只會在孩子有什麼事情時才會來找秀尚。

「沒事……孩子們把你當伴手禮帶回來的稻荷壽司拿給我，所以我來向你道謝，順便拿這些東西來和你分享。」

秀尚這才想到，讓孩子們回去時，他交代要把買給薄緋的壽司以及秀尚晚上做的壽司拿給薄緋。

「不好意思，反而讓你多費心了。」

「到遠方稻荷神社出差的冬雪閣下剛好帶伴手禮回來，所以我只是拿過來而已。」

薄緋露出淡淡微笑，打開另外分裝到小盒子中的甜點給秀尚看。

「啊，是『柚餅子』耶，我還想說最近怎麼不見冬雪先生，原來他去東北了啊？」

冬雪就是負責狹間之地守衛工作的帥哥稻荷。

他也是加之屋居酒屋的常客稻荷，在他們之中，冬雪也特別照顧人、待人接物態度和藹，相當討人喜歡，秀尚覺得他前世應該是男公關之類的吧。

但話說回來，稻荷是否有前世又是個疑問了。

「他要花一、兩個月到各地的稻荷神社走走，也兼休假。他似乎跑去悠閒泡溫泉，相當放鬆的樣子……嗯，反正他只要用時空之門，隨時都能到這裡露臉，或許哪天會突然出現吧。」

正如薄緋所說，知道加之屋的稻荷們不管人在哪裡，只要想來隨時都能來。實際上，濱旭到全國各地出差時也是想來就會來。既然沒有來，就表示他在休假中盡情地放鬆吧。

看見秀尚理解後，薄緋的視線突然朝工作檯看，接著，

「哎呀……」

他的視線捕捉到小女孩，露出若有所思的表情。

「加之原閣下，這位小姑娘是？」

「啊～～好像迷路了，傍晚時出現的。」

秀尚也順便說明已經報警了。

這段時間，小女孩看著薄緋，露出有點為難，像攀住浮木般的奇怪表情。

薄緋聽完秀尚說明後，竟然說出：

「這孩子非常可愛，但她似乎不是人類的小孩呢。」

「欸？不是人類……難不成是鬼？」

——所以警察來時才會消失身影不讓人看見之類的嗎？咦？但是鬼會那樣大口

大口吃飯嗎？

秀尚還沒問出浮上心頭的疑問，

「她……不是鬼，硬要找個接近的東西，應該說是精靈吧……」

「是有人看得見、有人看不見的那種嗎？」

「不，她和萌芽之館的孩子一樣有血肉之軀。」

薄緋說明後，走到小女孩身邊，接著像是查看她的狀況後提議：

「雖然不清楚理由，但她看起來似乎想在這邊待一段時間，你就讓她留在這裡如何呢？」

「什麼？留在這裡……是讓她住在這裡的意思嗎？」

「是的。」

「不行不行，這有點……」

薄緋一副「沒什麼大不了」的口吻對著不知所措的秀尚說：

「和照顧狹間之地的孩子們差不多。」

但是，秀尚提出具體照顧孩子的事例，問道：

「不不不不，她有血肉之軀，也就表示我得要幫她洗澡、餵她吃飯之類的吧？」

「是的，的確得這樣做。」

薄緋毫不遲疑地肯定，秀尚回應：

「餵她吃飯還好，洗澡就不太好了吧？她這年紀又沒辦法自己洗澡，雖然年紀小也是女生，我來幫她洗澡應該有倫理道德上的問題吧……」

倒不如說從近幾年的倫理觀來看，正因為是小女孩問題才更大，秀尚不管怎樣都想避開這件事。但小女孩聽見秀尚的話抬頭看他，皺眉露出難過的表情問：

「宇宇喜翻這裡，不可以？」

——就會裝可愛……

秀尚腦海中立刻浮現這幾個字，然後順帶一提，果然好可愛啊。

因為她太可愛了，秀尚無法乾脆拒絕：

「也不是不可以……但是換洗衣服或是內衣褲之類的，我這邊也沒有啊。」

薄緋爽快回應：

「或許稍微大一點，但我可以借你萌芽之館孩子們的作務衣，也有全新的內衣褲。」

抛下一句「請等一下」後，薄緋立刻折返萌芽之館，接著手拿一整套換洗衣物再次現身。

「可以和加之原閣下的衣物一起洗，如果怕麻煩，也可以在送餐時一起送過來由我們來洗，我會準備新的衣物再送過來。」

薄緋把全新的小孩內衣褲以及摺疊整齊的作務衣擺在秀尚面前說完後，「那麼，

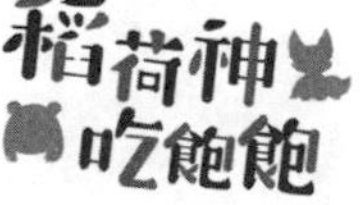

我先告辭了。」還沒解決洗澡問題就要離開，秀尚反射性抓住薄緋的手：

「等等！洗澡呢？要怎麼辦？」

「如果加之原閣下覺得不方便替她洗澡，沒辦法拜託關係親密的女性暫時幫忙一陣子嗎……？」

雖然薄緋慎選遣詞用字，但就是在明白表示「拜託你女朋友幫忙啊」。

「如果我有人能拜託，就不會如此煩惱了吧？」

應該說秀尚更想反問，白天獨自經營餐館，晚上要為成人稻荷開居酒屋，休息日還要陪孩子們玩，他到底何時能交女朋友啊？

大概是看穿秀尚的心情，薄緋露出非常抱歉的表情說：

「對不起……我不太擅長戀愛祈願。」

「現在才替我祈禱也太遲了啦！」

「哎呀，如果你對這孩子沒有不良意圖，幫她洗澡也沒有問題吧。實際上，十重和二十重也是我在照顧。」

薄緋雖然有張偏女性的容貌，但他是男性。男性的他說自己毫無問題地照顧著十重和二十重這對姐妹，秀尚也難以反駁。

「啊啊，是你覺得自己可能會出現不良意圖，所以才那麼焦急嗎？」

在秀尚沉默之時，薄緋回以完全脫線的一句話。

「那怎麼可能！」

「那就沒任何問題了吧。那麼，我還要照顧館裡的孩子，先告辭了。」

小女孩不慌不忙對露出美麗微笑的薄緋揮手說：

「掰掰。」

「薄緋先生，等一下！」

雖然秀尚喊他，但薄緋迅速地從連結餐館大門的時空之門回去狹間之地了。

能使用時空之門的只有一定能力以上的稻荷，秀尚打開大門也只是走出屋外，根本追不上去。

「……被他逃走了……」

秀尚小聲說完嘆了一口氣，看著小女孩。

小女孩心情愉悅地看著秀尚，但他可是無比煩惱。

正如薄緋所說，或許根本沒有問題，但他心裡仍有抗拒。

──感覺可以拜託這件事的人……

在腦海中打開熟人一覽表，但離開關東老家獨自住在京都的秀尚，附近能拜託的幾乎全是男性。

──要我去哪找女性朋友啊……

再次腦內搜尋結果，只冒出一張臉孔。

「啊，找到了。」

雖然不知道對方願不願意幫忙，秀尚還是拿出手機，不過手機仍是關機狀態，但他邊祈禱邊啟動，這次順利開機了。

「太好了……」

邊說邊從電話簿找出「房東」，打電話過去。

響幾聲後，接起電話的是秀尚腦內搜尋後唯一符合的女性——秀尚開加之屋前，在同一地點經營餐館的老夫妻中的老奶奶。

「啊，平常承蒙照顧，我是加之原。」

『哎呀，是加之原啊。怎麼啦？店裡發生什麼事了嗎？』

老奶奶語調溫柔地問道，秀尚回答：

「店裡沒發生什麼事，一切都很順利，只是我現在暫時收留了一個小女生……」

『哎呀哎呀，小女生是幾歲的小孩呀？』

「三歲。」

雖然不清楚實際年齡，但秀尚判斷外表看起來差不多是這個年齡。

『還真的是個小女生耶。』

「雖然年紀小也是女孩子，所以我很煩惱真的可以由我來幫她洗澡嗎……所以想請問您可不可以幫她洗澡？」

秀尚一問，老奶奶爽快答應：「隨時都可以來喔。」

秀尚道謝並說：「那我現在就過去。」後掛斷電話，看著小女孩：

「宇宇，我們現在去洗澡吧。」

「洗澡。」

「把身體和頭髮洗乾淨，然後換上薄緋先生替我們拿來的衣服吧。」

小女孩乖乖點頭。

秀尚怕有成人稻荷會在他到房東家時前來，所以留下「稍微出門一下，可以先吃這些東西等著」的字條後，拿起新盤子裝好孩子沒吃完的稻荷壽司，擺在旁邊。

「那宇宇，我們走吧。」

一手拿著薄緋拿來的整套換洗衣物，另一手抱起小女孩，秀尚走出餐館。

＊

房東夫妻住在車程十分鐘左右的地方，那是一棟小巧的獨棟房子。

儘管事出突然，夫妻還是相當熱情迎接他們。

「不好意思，突然麻煩您這種奇怪的事情。」

房東老奶奶瞇細眼睛看著小女孩，對道歉的秀尚說：

「別在意，好可愛的小女孩啊，而且還穿著這麼好的和服。」

接著問：

「小朋友，妳叫什麼名字？」

小女孩精神飽滿笑著回答：

「宇宇。」

「這樣啊，妳叫宇宇啊。那宇宇，我們去洗澡洗香香吧？」

小女孩對著笑咪咪說話的老奶奶點點頭後，和老奶奶一起去浴室。

在老奶奶替她洗澡時，秀尚就和老爺爺在客廳裡閒話家常。

「店裡狀況怎樣啊？」

「託您的福，相當順利。之前的常客們也時常會來露臉，真的讓我感激不盡。」

因為老夫妻讓秀尚繼承店裡烏龍麵和蕎麥麵的味道，所以夫妻以前的常客也會為了懷念來吃。

老夫妻一個月也會來店裡露一次面，和常客們一起共度開心時光。

「似乎也有許多新客人，真是太好了。」

「現在只是因為貪新鮮才來……希望他們可以變成常客。」

因為有和稻荷們締結契約，所以不用緊張，生意也能有恰如其分的興隆。但也不能因為這樣而不努力，要不然稻荷們可能會終止與他的契約。

與其說「工作態度隨便會表現在味道上」，因為稻荷們可以感受到加諸在料理內的「氣」，所以如果從秀尚的料理中感受到這類東西，他們極有可能會提出終止契約的要求。

為了不出現這種狀況——當然身為廚師，秀尚也不容許自己端出態度隨便做出來的東西給顧客——總之，或許可說是理所當然，但他每天都相當認真地面對工作。

「哎呀，自己一個人有時也是會很辛苦，就適時放鬆一下吧。」

房東彷彿看著孫子般地看著秀尚說。

實際上，秀尚與房東夫妻的孫子年齡相仿，因為住得遠，沒有太多機會可以見面，但他們似乎常透過手機通訊軟體聯絡。

閒聊著無關緊要的話題，大約過了三十分鐘，老奶奶就和小女孩一起到客廳來。老奶奶替她換上作務衣，也把她的頭髮吹乾了。

「洗完澡了～～」

小女孩開心地跑來報告，然後在秀尚身邊坐下。

「太好了，有說謝謝嗎？」

秀尚問完後，小女孩邊說：「謝謝。」邊朝老奶奶鞠躬。

「妳好棒喔，會好好說謝謝耶。」

如果老奶奶是拿看孫子的眼神看秀尚，那她就是把小女孩當曾孫看了。

「真的幫了大忙了，非常感謝您。」

秀尚道謝後，老奶奶邊問：「這點小事不用謝啦，但你要照顧她到什麼時候啊？」邊動手摺起小女孩原本穿的和服。

「關於這點，也還不是很清楚耶。」

「不清楚？這孩子的父母怎麼了嗎？」

老爺爺一臉狐疑地問，老奶奶也很擔心地看著秀尚和孩子。

因為早預料到會被問到這些問題，所以秀尚到這裡之前已經在腦海中構思了背景設定。

「這孩子的父親是我朋友，她母親過世了，父親工作常常出差，所以一直都是讓奶奶照顧，但奶奶最近住院，父親去出差沒辦法馬上回來，所以當成緊急措施的感覺寄放在我這邊。」

秀尚盡量用輕鬆的口吻說，但考量非得寄放在秀尚這裡的合理性後，就編出一個相當沉重的故事了。

「還真辛苦啊，你和宇宇都是。」

因此博得很大的同情，老奶奶接著說：

「只是洗個澡而已，每天都過來吧。」

老爺爺也點點頭，甚至提議：

「如果店裡太忙沒空照顧孩子，我們白天也可以幫忙看著，反正也閒閒沒事做。」

但是小女孩——正確來說是真實身分不明的非人類，要是發生什麼事情會帶給房東夫妻困擾，而且聽到「幫忙看著」時，她緊抓住秀尚的衣角，可以感覺到她不太願意。

「謝謝你們，我真的忙不過來時再來拜託你們。」

秀尚說完後看著她：

「宇宇，妳會乖乖的對不對？」

小女孩滿臉笑容點頭說：「嗯！」也朝房東夫妻微笑。

又過了一會兒，秀尚才離開房東家。

回到店裡時，應該是有哪位稻荷已經在店裡的時間，但店裡卻空無一人。

——時雨先生和薄緋先生都因為緊急召集令先走了，或許狀況還一團混亂吧……邊想邊走進廚房，只見擺著字條和稻荷壽司的工作檯上出現新的字條。

「暫時會忙一段時間，所以沒辦法來，可以來之後再跟你聯絡。陽炎。P.S.我把稻荷壽司拿去當消夜啦。」

看來陽炎曾經來過。

「大概發生什麼嚴重大事了吧……」

沒有一個常客稻荷能來，可見狀況相當嚴重。

但話說回來，拿冬雪的伴手禮過來的薄緋也因為緊急召集令先回去過，但他的樣子與平常無異。

——不過，薄緋的主要工作是照顧孩子，或許和陽炎他們的工作沒有太大關聯吧……

秀尚隨意解釋後，想著既然居酒屋不營業，那就晚一點再做明天的開店準備，先和小女孩一起上二樓。

接著把自己的棉被，以及替孩子拿出另一套客人用的棉被鋪好，做好隨時都能睡覺的準備後，陪小女孩到她睡著為止。

根據與小狐狸們相處的經驗，孩子清醒的時間不會太長。

「宇宇，睡覺之前想幹嘛？唸繪本給妳聽好嗎？還是要玩遊戲？」

秀尚邊問，邊把從萌芽之館兒童房拿來要給小狐狸們在加之屋玩的繪本、樂高和積木擺在小孩面前。

小孩逐一看完後，一臉不可思議地指著樂高。

「好奇樂高是什麼嗎？那我們來玩這個吧。」

秀尚拿起幾個樂高，教小女孩要怎麼拼。

「像這樣把這邊和這邊合在一起，妳看，連起來了！只要這樣組，也可以讓它

往旁邊伸出去，可以做出很多東西喔。」

教她基本玩法後，還把手機裡孩子們的樂高作品照片給她看。

「還可以像這樣蓋房子喔。」

「喔喔～～」

小女孩感動驚呼，開始組裝拿在手上的樂高。

與其說組裝，她一開始似乎對組裝又拆開的觸感玩得很開心，雖然沒有「組裝什麼」的感覺，但不知不覺中著迷起組裝不明就裡的東西。

秀尚邊側眼看她，邊確認手機通訊軟體中累積的未讀訊息。

大多都不需要回覆，但其中也有來自在飯店工作時的神原前輩的訊息。

「我明天休假，可以去找你玩嗎？」

神原休假常會有來看秀尚的狀況。

因為也是交心的朋友，秀尚當然歡迎神原前來，立刻回以「ＯＫ」貼圖。

看來他手機似乎不在身邊——或者是工作中放在置物櫃裡吧——神原沒有立刻回訊，但秀尚也沒多在意，把手機放下後就看著小女孩。

小女孩仍在組裝不明就裡的東西，但突然停止動作，頭往右邊用力倒下去。

「喔！」

秀尚反射性伸手避免她直接倒地，看來她是突然被睡意襲擊了。

「宇宇想睡了嗎？睡覺好不好？」

「……鼻要。」

大概是頭用力一擺的衝擊嚇醒她，但沒過一分鐘，她右手拿著樂高開始慢慢點頭。

「明天再玩，先睡覺吧。」

溫柔說完後，秀尚讓她在客人用的棉被裡躺下。

「要……灣……」

大概是想說「要玩」吧，但她已經快要睡著了。

「嗯，明天再玩喔。」

秀尚說完後，她安心地軟軟一笑，沒過多久就一動也不動，似乎是步入夢鄉了。

「看她這樣，就跟人類小孩沒什麼兩樣啊……」

看著她天真的睡臉，秀尚輕語。

觀察一段時間確定她沒有突然醒來的跡象後，秀尚輕輕起身，下樓去做明天的開店準備。

# 三

早上十點半加之屋開始營業後，就算是平日也立刻就有顧客上門，一直到下午一點半過後都是尖峰時期，相當忙碌。

知道這點的神原，在店裡比較不忙的兩點之後來玩。

「午安～～」

神原一如往常，用著柔軟的聲音打招呼進來，

「歡宜關臨～～」

開口迎接神原上門的就是那個迷路的小女孩——宇宇。

受到可愛歡迎的神原，盯著宇宇看一段時間後，看向秀尚：

「加之原，你什麼時候生的啊？」

秀尚總之先對裝傻的神原回答：

「是朋友的小孩，暫時寄放在我這裡。宇宇，有對神原哥哥打招呼嗎？」

因為沒其他顧客，秀尚簡單說明後催促宇宇打招呼。

宇宇鞠躬打招呼：

「午安。」

「好可愛喔。」神原笑彎眼後問：「午餐還有剩嗎？」

「有，今天A餐是照燒雞，B餐是日本水菜鮮蝦和風義大利麵。」

「我要A，然後飲料請給我烏龍茶。」

「收到。」

秀尚輕鬆回應後走向廚房，神原問宇宇：「妳幾歲？」留下她，宇宇就這樣待在位子上，沒有要進廚房的跡象。

當秀尚端著神原的餐點走向座位時，正如他所料，宇宇就坐在神原身邊的榻榻米上。

大概是神原想避免宇宇打擾秀尚工作，才把她留在身邊吧。

「宇宇已經吃完中餐了嗎？」

點的A餐端上桌後，神原問道。

「我從剛剛開始就三不五時塞東西給她吃。」

顧客上門後，沒有辦法陪在她身邊餵她，所以找到機會就會讓她吃一口飯糰或是其他東西，但也不清楚餵了多少。

「如果她想吃可以給她吃嗎？」

「可以，她似乎沒有對食物過敏。」

秀尚說完後，神原立刻問宇宇：「妳有想要吃什麼嗎？」

此時又有新的顧客上門，秀尚把宇宇交給神原，上前招待顧客。

這位顧客只點飲料，在神原用完餐時顧客也已經離開，店裡只剩下秀尚、宇宇和神原。

「不好意思，還讓你幫忙看小孩。這招待你。」

秀尚把咖啡放在神原面前，在榻榻米上落座。

宇宇已經完全和神原打成一片，坐在神原腿上，拿餐巾紙當摺紙玩——也就是在玩弄皺成一團的餐巾紙殘骸。

「謝謝你，我開動了。」

神原喝一口咖啡後，再次問起宇宇：

「你說這孩子暫時寄放在這裡，是怎麼了嗎？」

秀尚對此露出苦惱表情：

「發生一點事……昨天突然寄放到我這裡來了。」

秀尚只對神原大致說明。因為要麻煩房東夫妻幫忙洗澡，所以得詳細說明原由，但神原雖然常來店裡玩，現階段也不知道宇宇會留到什麼時候，或許他下次來時宇宇已經回去了，所以秀尚認為不需要講太詳細，也有種不想對神原說謊的感覺。

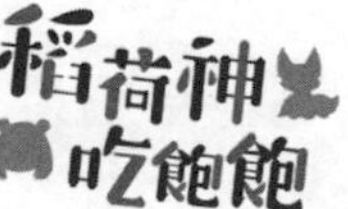

神原大概也察覺秀尚刻意不詳細說吧，他也沒勉強追問，只關心秀尚道：

「邊經營餐館邊照顧孩子應該很辛苦吧？」

「嗯～～今天到目前為止，她就在沒人的位置上乖乖看繪本，或者對顧客耍可愛，大家都很疼她，是沒太大問題啦……」

這是事實。

宇宇學秀尚說著「歡宜關臨」迎接顧客，滿臉笑容跑去問用餐的顧客「好吃嗎？」她的模樣太可愛了，顧客會摸摸她的頭，年長者還會給她糖果，非常疼愛她。

「什麼啊，一來就奪下招牌女郎的位置了啊？」

「她發揮了令人意外的才華呢。」

秀尚說完後，神原邊笑邊指著宇宇身上的作務衣問：

「如果是這樣就好了……然後這衣服是你選的嗎？雖然很可愛啦。」

「啊～～昨天突然帶來寄放在我這，對方也手忙腳亂的，所以只給我她身上穿的衣服和這一套而已。然後今天總之就先穿這個啦。」

「只有兩套換著穿很辛苦吧？還是會再多送幾套過來？」

「不，感覺短時間內沒辦法見面……我可能會找時間帶她出去買吧。」

雖然薄緋會替他準備換穿的作務衣，但一直讓她穿作務衣也太奇怪了。總之邊思考普通人會怎麼做邊回答後，神原提議：

「如果不介意我姐小孩的舊衣服，我去幫你借來吧？」

「咦……？你姐姐不是前陣子才結婚而已嗎……」

神原確實有姐姐。

但他姐姐應該半年前才剛結婚而已，而且人應該在法國吧。

——聽說法國很多人結婚沒登記，或許神原的姐姐也沒登記就先生小孩，這一次正式結婚的感覺嗎……？

秀尚努力想像讓事情符合邏輯，但立刻出現「姐姐在法國也沒有辦法馬上去借來吧」的疑問。

但這疑問輕而易舉地解決了。

「啊，那是我大姐。我二姐結婚早，已經有個念幼稚園大班的女兒了。」

「啊～～……原來是這樣。我記得你有兩個姐姐和一個妹妹吧。」

「沒錯，宇宇家裡應該也有衣服，你要對方下次來的時候拿來，如果只是過渡期，應該也不用特地去買啦。啊……該不會連內衣褲也沒有吧？」

察覺這件事的神原開口問。

「其實就是這樣。」

雖然薄緋會替他準備，但只有準備內衣褲也太奇怪，所以秀尚順著神原的話說。

「那麼我去借衣服時順便去幫她買內衣褲，再怎樣內衣褲應該都沒留，就算有留也不好借給別人穿吧……睡衣呢？」

「拿我的T恤來用不行嗎？」

「會不會太大件啊……？我買些合適的回來啦。」

明明神原是來玩的，秀尚覺得這樣有點不好意思，但關店後才去買也太晚了，所以秀尚決定接受神原的好意。

「不好意思，就拜託你了。啊……內衣褲和睡衣大概需要多少啊？總之先給你一萬圓夠嗎？」

秀尚想著先給錢比較好而拿出錢包來。

「我買來之後會把明細給你，到時再算吧。」

神原說完後，把剩下的咖啡喝光，抱著坐在他腿上的宇宇站起來。

「宇宇，大哥哥現在要去買東西，妳可以和加之原哥哥乖乖等著嗎？」

確認宇宇點頭後，神原把宇宇交給秀尚。

「那我出門啦，回來應該是關店之後了，可以嗎？」

「沒問題，不好意思，就拜託你了。」

秀尚抱過宇宇後回應，神原微笑著揮手走出店裡。

——明明什麼詳情也不能說……他人真的很好啊。

神原不是那種耍兄長威風的人，乍看之下很老實但不太可靠，實際上意志相當

堅定，而且意外地很會照顧人。

不僅如此，他照顧人的方法也不是要強迫人接受，而是相當自然。

秀尚決定辭掉飯店工作開加之屋時，被神原的愛照顧人幫忙好多次。

一個是因為神原的興趣是ＤＩＹ。

神原甚至有專業工具，多虧有他，店裡改裝費用相當便宜，現在也是，只要他發現在意的部分就會幫忙修理，還會幫忙做個好用的架子之類的。

而且說起來，就連造成秀尚辭掉飯店工作契機的食譜遭竊事件，要是沒有神原幫忙，秀尚的說辭也不會被承認，差點就要在奇怪的狀況中辭職了。

「我真的老是受他照顧啊……」

秀尚想著，總有一天要報答他的恩情。

雖然還不知道該怎麼做。

＊

正如神原離開時所說的，他在五點關門過後三十分鐘左右才回來。

「我回來了～～」

如此喊著走進店裡的神原手上拿著三個大紙袋，還有一個童裝量販店的塑膠袋。

了。」

「哇，好多喔……」

「我把手機拍下的宇宇照片給我姐看之後，她可愛到我姐超興奮，『這也拿去、那也拿去，這個如何啊』的……總之，我也不知道宇宇喜歡哪種衣服，所以就全拿來了。」

神原邊說邊把袋子放在榻榻米上。

袋子裡每件衣服的保存狀態都極佳，甚至還有讓人覺得根本沒穿過的衣服。

「真的可以嗎……每件衣服看起來都很新耶。」秀尚拿起最上面的洋裝問。

「很漂亮的或是她很喜歡的衣服，就算已經穿不下了也捨不得放手，連讓給媽媽朋友們也捨不得。所以啊，『借』就沒問題了。她說如果我大姐生女兒，就要讓給她穿……女人心真複雜耶。」神原苦笑著說。

宇宇相當感興趣地盯著神原拿來的洋裝瞧，看見她這樣，神原問她：

「宇宇，要不要穿穿看？」

她笑咪咪點頭。

「哪一件好啊～～這件貓咪的洋裝好不好？還是這個兔子的比較好呢？」

神原隨意從袋子裡拿出幾件擺著，宇宇手指一件粉紅色有三層荷葉邊的洋裝說：

「這個！」

「妳要穿這件啊？那我們來穿穿看吧。」

大概因為有外甥女，神原相當熟練地替宇宇換衣服。

洋裝尺寸完全吻合，而且非常適合宇宇。

「好看好看，好像小公主喔。」

神原用力誇獎她，拿起手機替她拍照，大概是要傳給他姐姐看吧。

穿上可愛洋裝，宇宇大概非常開心，開心享受著轉圈圈擺動三層荷葉邊的樣子。

盡情擺動身體、轉動身體享樂一番後，「宇宇肚子餓了。」她滿臉笑容喊肚子餓。

在神原離開的這段時間內，秀尚替館內的孩子準備晚餐，接著用薄緋借給他的送物繩——乍看之下只是普通繩子，但只要把東西放進繩子圍起來的圈圈裡，就會自動送到薄緋手邊去——送過去，所以現在應該也是萌芽之館的晚餐時間，也能理解宇宇會肚子餓。

「那我們來吃晚餐吧，神原前輩，不介意的話要不要一起吃晚餐？」

秀尚邀請後，神原有點開心地回問：

「可以嗎？」

「當然可以，明明是你休假，你卻替我們到處奔波，請讓我順便謝謝你。」

聽見秀尚這句話，神原看著宇宇提高難度：

「宇宇，今天晚餐是高級菜單呢。」

「高級菜當。」

「對，高級菜當。」

神原模仿宇宇不太流利的發音說完後，開口問：

「要幫你嗎？還是幫忙看著宇宇就好？」

「啊～～那我選後者。」

「好，那麼我就和宇宇一起等著。」

神原對宇宇說：「我們一起等飯飯煮好吧。」宇宇乖乖點頭。

看見這一幕後，秀尚走進廚房。

「那今天晚上要煮什麼呢？」

今天用在A套餐的入味雞肉還剩一塊，所以蒸熟後撕開，和B套餐的日本水菜一起做成沙拉，先完成一道。

「湯、主菜，再來就是主食了……吧。」

秀尚看著冰箱裡剩餘的材料思考菜單。居酒屋營業時，會準備許多種類的食材，量也多，現在只有準備白天開店時的量，所以有點不太夠。

冰箱有菠菜，總之決定先把菠菜打成泥，加進白天準備的法式洋蔥清湯中隨意弄成濃湯。

其他還有菇類、花椰菜和培根塊。

「嗯……來做法式焗菜好了……」

也把奶油等基本材料拿出來，首先把培根塊切成一口大小，接著把花椰菜分小塊。菇類也切成適當大小，稍微撒鹽煸炒後放著。

奶油回溫速度比較慢，所以稍微作弊用微波爐加熱，等軟得差不多之後再加麵粉做成奶油麵糊。接著把牛奶放入鍋中加熱，放進奶油麵糊煮到黏稠後，加進培根、菇類與花椰菜混合。

「味道就……待會自己加吧。」

雖然菇類有調味，但秀尚個人想要再鹹一點。只不過考慮到宇宇，還是決定先這樣就好。

把材料放進耐熱大盤子後，秀尚又加了蛋。打上三顆雞蛋，撒上披薩用乳酪後送進烤箱。

「主菜好了……菠菜呢，好了……」

剛剛放下去水煮的菠菜正好煮好，秀尚用濾網撈起來放進食物調理機裡和法式洋蔥清湯一起打散後，又放回鍋子加牛奶和鮮奶油，邊加熱邊調整鹹淡。

「嗯，大概就這樣吧。再來是……主食類。該煮飯還是該煮麵呢……」

打開電子鍋一看，正好剩三個人平分的飯量，秀尚倒進鮪魚罐頭攪拌。盛好飯後再撒上海苔絲，簡單又好吃，是相當受狹間之地孩子歡迎的菜單之一。

就在忙東忙西時，焗菜也烤好了，秀尚依序將完成的料理端上桌。

「讓你們久等了。」

首先把大盤的沙拉和焗菜端出去，接著盛好個別的飯和湯後再次回來時，神原已經動手分起沙拉和焗菜了。

「真不愧是神原前輩，女子力超高。」

秀尚笑著坐下，神原歪過頭說：「感覺你在誇獎我，但是又有點怪耶。」

「那麼用餐了吧，我要開動了。」

秀尚合掌說完後，神原和宇宇也合掌應和：「我要開動了。」但宇宇口齒不清，其實是說「我要拆動了」。

「啊～～沙拉的雞肉已經有調味了，不加醬也很好入口呢。這是中午照燒雞用的肉？」

「對，因為還剩一塊，我就蒸熟後撕碎。幫宇宇加一點醬是不是比較好啊？」

因為知道對孩子來說，生菜是相對難以入口的食物，所以可以在宇宇的沙拉淋上自製的甜醬。

「敢吃蔬菜嗎？」

神原看著坐在身邊的宇宇問。

宇宇拿筷子——就她的年齡來說，她筷子拿得相當漂亮——夾起沙拉送進口中，開心地說：

「好好吃～～」

「妳好棒，敢吃蔬菜耶。」

神原摸宇宇的頭誇獎她，大概是很高興，宇宇又吃了一口蔬菜。

「好棒、好棒。」

宇宇被誇獎後心滿意足。

神原瞇眼看著這一幕，深有感觸地說：

「加之原，廚師果然是你的天職啊。」

「嗯，我喜歡這個工作，也覺得自己很適合……但神原前輩也是如此吧？」

「嗯，我應該是比較接近喜歡動手做東西吧。喜歡做些ＤＩＹ的，所以也會動手，但最適合的還是做菜吧。」

雖然神原這樣說，但感覺他不太開心。

「在飯店裡發生什麼事了嗎？」

秀尚察覺大概是工作上發生什麼事而開口問，神原沉默一陣子後，先說一句：「不是發生在我身上啦，而且對你來說，應該是你不太想聽到的話題。」才繼續說：「是八木原前輩啦。」

「啊啊，是。」

八木原是秀尚先前工作的飯店餐廳裡的前輩，秀尚和他之間曾發生過衝突。

飯店會定期徵求新的原創食譜，而秀尚提交的食譜被八木原偷走了。

而且因為他周到地將秀尚手機裡試作時的料理照片刪掉，沒有證據能證明那是秀尚的食譜，結果讓發現食譜被偷而去找八木原理論的秀尚陷入彷彿胡亂找碴的狀態中。

秀尚的精神也一度被逼入絕境，但多虧試作時和他在一起的神原手機留有試作時的照片，並且出面替他作證，才證明那確實是秀尚的食譜。

得到證明時，秀尚已經決定要開加之屋了，結果就這樣辭掉飯店工作，但八木原仍留在飯店裡。

「食譜那件事，雖然沒寫『剽竊』，但也發表有舞弊，原本和八木原前輩很要好的人在那之後也開始疏遠他，前輩在廚房裡的立場有點尷尬。」

秀尚正式辭職前的短暫時間裡，也確實有這種感覺。

秀尚還以為自己離開後狀況會慢慢恢復，但看來似乎並非如此。

「我也覺得他自作自受，而且拿出證據來的我來說這種話也怪怪的……但那些人翻臉不認人的樣子讓人看了很不舒服。」

秀尚覺得這真像神原會說出口的話。

神原對自己的心情很坦率。

從他待人處事溫和的一面來看，會以為他是壓抑自己、以人際交往為優先的人，但並非如此。

正面意義上來說，神原對小事沒有太多堅持。

但他會堅守不能退讓的底線。

那時表現出的堅強，甚至讓人驚訝。

「他的手藝很好，我想將來遲早有復活的機會吧。」

雖然沒有天才般鶴立雞群的才華，但他的技術確實很好。真要挑缺點，應該就是他那讓人感到蠻橫的口氣與人際交往吧。

而從經營社會生活這個層面上來看，人際關係相當重要。

秀尚還在東京時，前輩就提醒他「同伴少也沒關係，就是別樹敵」，但八木原有敵人——說敵人可能過了頭，但應該有憎恨他的人吧。

「大概只能看八木原前輩有沒有辦法撐到那時候了吧。」神原說完後嘆了一口氣：「不行、不行，難得的美味料理都沒心思品嘗了。」如此一邊笑道，一邊伸手拿起焗菜。

「我配合宇宇做得比較淡，可能有點不夠鹹。」

秀尚稍微說明，神原吃下焗菜後說：

「起司加得夠多，所以不會不夠鹹。宇宇，吹涼之後吃吃看？很好吃喔。」接著勸宇宇試試看。

宇宇換拿湯匙，舀起一匙焗菜，照神原交代的吹涼後才放進口中。

接著咀嚼好幾下品味之後，「欸嘿嘿」地笑著說：

「好好吃～～」

「對吧～很好吃吧～～啊，有加蛋耶，切開後有濃濃蛋黃耶。」

「隆隆～～」

宇宇馬上模仿神原說話，又跟著笑了。

「感覺你們這樣看起來好像父女。」

秀尚這句話讓神原苦笑，接著坦白：

「我姐她女兒更小的時候，我也被這樣說過。我姐也覺得很有趣，還對小孩說『他是小爸爸喔』，所以我外甥女有一段時間以為家人有爸爸、媽媽、自己和小爸爸耶，幼稚園小班畫的全家福裡還有我。我姐之後聽到老師說『我還以為是什麼複雜的家庭狀況呢』時都笑了。」

「看見家庭黑暗面之類的？你外甥女現在應該知道你是舅舅了吧？」

「大概幼稚園中班左右吧，但她現在還是叫我『爸比』。」

神原笑著說。

雖然沒見過面，但秀尚擅自在心中想像，神原的家人大概都和他一樣是很溫和的人吧。

吃完所有料理後，神原說要回禮——話說回來，晚餐原本就是要謝謝他為了宇

宇四處奔波的，回禮的回禮似乎有點怪，但他做了甜點。

不過也才剛吃飽飯，所以真的只是稍微換個口味的意思，把一顆蛋做的麵糊分成三等份，做成小鬆餅。

雖然小，也是有厚度的鬆軟鬆餅，淋上楓糖和融化奶油後，看起來相當好吃。

實際上也真的非常好吃，宇宇才吃一口，立刻張大眼睛：

「宇宇，喜翻神神的點心……！」

雙手握拳上下擺動，用全身表現「好好吃」。

「好開心喔，下次再做給妳吃喔。」

宇宇聽到後點了好幾次頭。

——不管怎麼看都像是父女啊……

抱著今天第二次出現的感想，秀尚用叉子切下一口鬆餅送進嘴裡，

「啊～～我真實感受到甜點是第二個胃啊。」

神原的鬆餅真是撫慰身心。

宇宇來到加之屋已經過了一週。

宇宇在秀尚忙做菜、忙招呼客人，手忙腳亂無法照顧她時也完全不吵鬧。她會坐在空位上和喜歡的布偶玩耍，也發揮她身為招牌女郎的功能，年輕顧客喊著「好可愛」替她拍照，年長顧客則是把她當孫女一樣疼愛。

午餐尖峰時段過後，秀尚就會找時間簡單吃午餐，此時是宇宇的點心時間，她也會稍微吃點東西。

宇宇比萌芽之館的孩子們年紀還小，所以一次能吃的量不多，馬上就肚子餓了。所以早餐後，趁著剛開店還不忙時，會提早讓她吃午餐，午餐時段如果肚子餓，就會拿蘋果等東西給她填肚子。

而現在這個時間讓她吃輕食，正確來說是稍微多一點的點心，讓她撐到晚餐時間。

「宇宇，要吃鬆餅嗎？」

一問她的意願後，「宇宇，鬆餅想要吃神神做的。」宇宇還指定要神原做的鬆餅。

「嗯～～那和我一起吃三明治好不好？」

「我要吃三贏治～～」

宇宇笑著回答，秀尚便走回廚房做三明治。不知何時，工作檯上放著陽炎寫的字條。

字條上寫著「想從今天晚上開始去店裡，方便嗎？」是來傳達他們想來店裡的意願。

——啊～～已經忙完了吧……

邊想著，秀尚拿出三明治材料時也順便確認剩哪些食材。

宇宇是上週公休日出現的，這麼想來已經過一週了。明天是加之屋的公休日——

就算稻荷們不來，孩子們還是會來玩，所以就多買了一些食材。

——就算今天晚上用掉，孩子們來之前去補買就好了吧。

就算孩子們來，午餐基本上會是烏龍麵或蕎麥麵。

雖然會變化成義大利麵風味，或是做成炒烏龍麵，但午餐基本上就固定為烏龍麵或蕎麥麵。這些是不會出現在萌芽之館的菜單的，所以孩子們還挺期待每週一次的烏龍麵。

因此，早上去買東西回來做準備，就足以趕上晚餐時間。

——啊～～但是我得要帶宇宇去洗澡才行啊……

在那之後，秀尚每天拜託房東夫妻幫宇宇洗澡。

房東夫妻當作照顧孫子一般相當費心，宇宇也非常親近他們。

——回來大概七點半過後，接著讀繪本……她通常都會在八點半睡著。

回想平常的生活模式，寫下「八點半左右過後就沒有問題」的字條回覆後，放進陽炎給他的送物繩——和薄緋給他的東西相同——圍起來的圈圈中。

秀尚寫完回信後，迅速做三明治。因為都隨意拿午餐可能用剩的食材當內餡，所以每天的三明治餡都不同，看今天剩下的午餐時間，應該沒辦法把準備的燉煮漢堡排全部用完，所以就把漢堡排切碎後夾進麵包裡當主菜。

再來就是夾煎蛋或是夾沙拉。

因為店裡還有顧客，有點不方便在外面吃——如果只有宇宇一個人還無所謂，但秀尚也一起就感覺不太好——所以秀尚把宇宇叫進廚房，兩個人一起坐在工作檯旁邊吃。

「宇宇，好吃嗎？」

問著吃下三明治的宇宇好不好吃，宇宇嘴裡塞滿三明治頻頻點頭。

雖然薄緋說她「不是人類的小孩」，但一起生活也沒有什麼奇怪的地方，感覺跟一般人類小孩生活一樣。

——話說回來，我連親戚的小孩也沒這麼長時間相處過啊……

「加之葛格好吃嗎？」

宇宇模仿秀尚回問。

「嗯，很好吃喔。」

回應後，宇宇也開心笑著再次回應：

「宇宇也很好吃～～」

這份坦率讓秀尚不禁莞爾。

帶宇宇到房東夫妻家洗完澡，帶著心情極佳的她回家後，一直陪到她睡著就是秀尚這陣子晚上的生活。

今天晚上宇宇拿孩子們最喜歡的動畫——萌芽之館的孩子們也很喜歡，這邊也有好幾片ＤＶＤ，宇宇看完之後也迷上了——的繪本作品過來，秀尚邊唸繪本邊陪哄宇宇入睡。

「蒙森為了從西高東帝手中搶回櫻花花苞，和希克隆一起去追西高東帝……」

繪本唸到中段時，一轉過頭看狀況，宇宇已經閉上眼睛睡著了。

宇宇總是沒辦法撐到讀完繪本就睡著，今晚果然也相同。

「宇宇，晚安。」

秀尚小聲說完後，小心不吵醒她離開被窩，把宇宇常抱著的大布偶代替自己陪她睡，就下樓進廚房。

接著開始替即將到來的稻荷們做菜。

——他們很久沒來了，稍微豪華點用肉……

說肉也不是牛排用的肉，只是事先準備好的雞腿肉和豬里肌肉片。

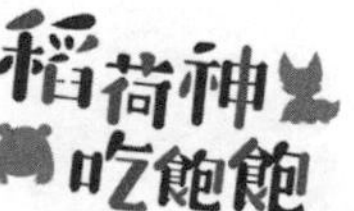

首先去除雞皮和脂肪，用鹽巴、糖和油抓揉入味。接著把雞肉擺在平底鍋裡，用水和一半的酒淹過雞肉一半高度，放上一片切半蒜頭和一片薑片，蓋上蓋子用中火加熱。

等雞肉煮熟時做豬肉的前處理，在攤開的豬肉片上撒麵粉，接著一片一片捲起來。捲好的豬肉再撒上一次麵粉後，把收尾處朝下放在熱好油的平底鍋上煎，中途翻面一次，等熟了之後關小火蒸烤。

在蒸烤豬肉時，把剛剛的雞肉翻面，讓裡面也完全熟透。

等到熟了之後，兩種肉的前處理都完成了，酒蒸雞肉直接吃也很好吃，但今天要進一步煎過後撒香料。

把一片雞腿肉切成四塊，用餐巾紙吸乾水分後，撒上麵粉放進平底鍋半煎炸，趁熱依序加入鹽巴、胡椒、乾燥巴西里末和香蒜粉。

「嗯，巴西里和香蒜的香氣恰到好處……接下來是，」

把其中一半豬肉和起司片一起塞進去蒂頭、去籽的青椒裡後，用平底鍋煎，另外一半同樣用平底鍋煎，但這邊加味醂、醬油和水做成照燒口味。

煮好後分別與蔬菜一起擺盤時，

「晚～安～」

時雨的聲音從店裡傳來，但進門的不只時雨，陽炎和濱旭也一起。

「歡迎光臨。」

到廚房露臉的三人，不知為何環視廚房內部，

「店裡的感覺……好像有點不同耶。」

彷彿同意陽炎的說法，濱旭點點頭換個說法：

「與其說感覺，倒不如說是氣氛。」

「是嗎？我沒有做什麼改變啊。」

秀尚歪著頭回答。

「是嗎？那可能是我們太久沒來，所以感覺不太準了吧。」

時雨邊說邊走進廚房，打開存放他們飲料的冰箱。

「你們要先喝什麼？」邊問邊拿出自己的啤酒。

「配這些料理的話，就該喝啤酒。」

「我也要啤酒！」

陽炎和濱旭說完後，時雨問：「小秀也喝啤酒可以嗎？」秀尚點點頭。

接著全員打開拿到手的啤酒。

「乾杯！」異口同聲說完後喝一口。

「啊！好久沒喝酒了，真的有種『活著真是太好了！』的感覺啊！」

時雨的口吻完全看出這是他的真心話。

「是啊，這一陣子不僅工作超忙，還沒有撫慰身心的地方啊。」

陽炎也深有同感地說著，把香料煎雞肉送進口中。

「嗯……有蒜頭和不知道是什麼的香草……好吃。」

「啊～～這是巴西里，非常好吃。」

濱旭也吃了一口，看來他相當喜歡，立刻吃了第二口。

「因為緊急召集令很忙嗎？」秀尚邊準備下一道料理邊問。

「沒錯沒錯，本宮那邊出現了一個失蹤人口。不只是在本宮工作的稻荷，連到人界工作的我們，白天在人界工作，晚上也要到神界幫忙找人的感覺。」

「還真是辛苦呢，那麼，已經找到人真是太好了。」

秀尚說完後，陽炎搖搖頭：

「不，還沒有找到。」

「什麼？不是找到人，是事情穩定下來了，所以你們才能到這裡來嗎？」

秀尚還以為是這樣呢。

「因為稻荷們太疲倦了，白狐大人也認為本宮的狀態沒有立即性的擔憂，所以就下令縮小搜索規模。本宮的長官白狐大人都這樣說了應該沒問題，所以才會稍微休息一下。」

時雨邊說，邊把青椒鑲肉往嘴裡送。

「哎呀，裡面有包起司呢，起司都融了好好吃喔。」

「謝謝誇獎……但不知道該不該說湊巧，我家現在也寄住了一個迷路的小孩。」

秀尚邊道謝邊稍微提及。

「喔，是這樣啊。哎呀，反正你很習慣照顧小孩了嘛。」

就在陽炎這麼說時，又有兩個稻荷進來。

「哎呀～～你們兩個也來了啊，快坐、快坐，要喝什麼？」

時雨起身要為新來的兩位稻荷拿酒。

「我要喝啤酒。」

「我……如果可以的話想喝冷清酒。」

時雨照著兩人點的餐，拿出酒交給他們後，又坐回原來位置。

「但一般遇見迷路的小孩，不是會交給警方或是兒福相關部門等公家機關照顧嗎？」

在人界生活的時雨，聽到秀尚的說明覺得不太對勁，朝面對調理檯的秀尚背影發問。

正當秀尚打算回應時，眼睛先看見抱著陪睡的兔子玩偶，睡眼惺忪地站在樓梯上的宇宇。

「啊～～宇宇，妳醒過來了啊～～」

大概是因為大家的說話聲和感覺有人才醒來吧，秀尚打算再哄她睡，因而走出廚房。

因為秀尚的言行而朝廚房櫃檯那頭看過去的稻荷們，凝視著身穿睡衣的宇宇——

「宇迦之御魂大人！」

所有人用著完美的合聲驚叫。

# 四

聽見稻荷們驚叫，秀尚一臉「什麼？？？」滿頭問號，轉過頭去看稻荷們。

但稻荷們直立不動僵硬，一副「無法置信」的表情凝視著宇宇，而宇宇則是「被發現了！」的樣子，把手中抱著的玩偶往前推，想要遮住自己。

「……那個，大家認識這位小姑娘嗎？」

從雙方的反應中導出這個疑問，秀尚邊問出口，總之還是先把宇宇抱起來。

陽炎對著秀尚說：

「祂是宇迦之御魂大人！」

但是，

「呃，是誰啊？」

老實說秀尚只知道這「很像是個名字」，他呆愣不知如何反應，陽炎回答：

「祂就是差遣我們這些神使的大人……總之就是神明大人。」

陽炎原本想要詳細說明，但判斷秀尚應該沒辦法馬上聽懂，所以非常簡潔地說明。

聽完說明後，秀尚驚嚇地看著宇宇：

「什麼，宇宇妳是神明嗎？」

薄緋確實說她不是人類，但沒想到竟然是神明啊。

被秀尚抱在懷中的宇宇，把臉埋在玩偶中，彷彿表示「我什麼也不知道」。

時雨不理會宇宇的反應，

「總之得先和女官閣下聯絡才行。」

時雨說著，指尖在半空中畫出什麼圖樣後，輕輕閉上眼，似乎是在和誰聯繫。

下一秒，「不——要——」宇宇揮動雙腳想要逃跑。

但因為被秀尚抱在懷中，所以只是雙腳在空中晃來晃去而已。

接著加之屋店門口立刻傳來有人慌亂跑進來的聲音，轉過去一看，看見一位非常漂亮的巨乳美女。

她身穿巫女的緋袴裝扮，給人幹練印象，彷彿哪家大企業的女強人，或者是律師的感覺。

這位能幹美女一看見秀尚抱在懷中的宇宇，幾乎感動落淚地大喊：

「御魂大人！」

但宇宇說著：「鼻要！」把頭轉往另一邊去。

女官看見她的反應打算靠近：

「御魂大人，您這樣太過分了，您可知道白妙我有多麼擔心嗎？」

對此，宇宇大喊：「鼻要啦！」

下一秒，稻荷們和女官都抱著頭痛苦呻吟起來。

「痛……啊、啊。」

皺起眉頭呻吟的稻荷們大概無法維持法術，耳朵和尾巴都跑出來了。

秀尚理解肯定是宇宇做了什麼事之後，「宇宇，不可以這樣壞壞。蒙森也說過了啊，對不對？」

秀尚把宇宇最喜歡的動畫主角拿出來講道理，接著為了轉移宇宇的注意力開始唱起蒙森的片頭曲：

「♪朝著藍藍天空飛出去吧，今天也要出發去冒險。」

宇宇雖然記不清楚歌詞也跟著秀尚一起唱，等到唱完時，宇宇的「不要不要攻擊」也平息了。雖然稻荷們和女官還因為疼痛皺眉，但看起來沒問題了。

「總之宇宇好像很排斥，所以大家待在原地別動。」

秀尚要所有人都待在原地後，再次開口問：

「我確認一下，宇宇確實是神明沒有錯吧？」

對此，宇宇、稻荷們和女官都點頭。

「宇宇是神明這件事，每個成人稻荷看到都會知道嗎？還是只有一部分稻荷才知道？」

問完第二個問題後，陽炎回答：「不，全部稻荷都知道。」這讓秀尚不解地歪頭。

「小秀，怎麼了嗎？」

秀尚回答時雨的提問：

「宇宇來了沒過多久，薄緋先生有來這裡，然後還見到宇宇……」

說完後，現場一陣騷動。

「這是怎麼一回事……？」

「就算他平常都待在狹間之地，也不可能沒有發現吧？」

「沒發現才是問題大了吧。」

看他們的反應，秀尚也能理解那「根本不可能」。

接著女官口吻嚴厲地問：

「可以把那位名叫薄緋的稻荷找來這裡嗎？」

對陽炎等人來說，也需要質問薄緋的用意何在——或者是真的沒有發現嗎？——所以立刻把薄緋找來。

薄緋來了之後，看見在座的稻荷們、女官以及一臉不悅被秀尚抱在懷中的宇宇後，「哎呀，看來是被發現了啊……」乾脆地拋下這句話。

「被發現……喂！薄緋閣下，你早就知道了嗎？」

「你明明知道我們連續好幾天都被叫去找人，卻悶不吭聲嗎？」

陽炎驚訝，時雨則是相當憤怒地質問薄緋。

但薄緋本人沉著表示：

「孩子們回到萌芽之館時，身上帶著御魂大人的氣息……我到這邊來看狀況時，果真看見祂在這裡。當時祂用心語對我說『我不想回去』……我只是判斷祂應該有很重大的煩惱……我可沒有辦法違抗宇迦之御魂大人的意志啊。」

但是，四處找人的稻荷們和女官當然沒辦法接受他的說詞，七嘴八舌抗議和抱怨，對此薄緋毫無惡意地表示：

「我也對白狐大人建言，既然本宮毫無問題地運作，也表示宇迦之御魂大人平安無事，所以才會立刻解除最嚴重警戒狀態啊。」接著又加上一句：「如果真的拖太久，我也打算前來迎接。」

「就算這樣說……你都不知道我們有多擔心……」

「就是說啊！自從不見御魂大人身影後，我都覺得我要活不下去了。」

陽炎和女官說道。

「但是，如果我說了祂在這裡，白妙閣下肯定會立刻前來迎接祂吧？」

薄緋看著女官——白妙說。

「這是當然！」

「那麼，我想應該會重複出現相同事情。雖然我不知道御魂大人離家出走的理由，但如果祂說祂不想回去卻強迫帶祂回去，我覺得這才會出現問題。」

「御魂大人不在本宮，也不在宮殿裡的問題更大吧！」

但白妙也不認輸地如此回應。

「帶祂回去，下次又離家出走了該怎麼辦？這個加之屋是我們能信任的場所，但這次被發現祂人在這裡後，下一次應該不會再躲來這裡了吧？那麼，下次應該會比這次更難找到人。」

平常總是用和緩語調說話的薄緋，雖然語速不快，但難得用這般強硬的語調說話。

白妙努力想要找話反駁，但似乎找不到該說什麼。

「我認為應該要順從御魂大人的意志，加以考量安全方面的問題後，暫時讓御魂大人待在這邊，讓祂隨心所欲比較好。」

薄緋向白妙如此提議。

「這……」白妙鎖緊眉頭面露難色。

「我贊成。」陽炎表示。

「陽炎閣下！你怎麼能如此輕易表示贊……」

白妙原本想要抗議，但陽炎雙手做出「等等」，要她稍安勿躁的動作。

「雖說薄緋閣下知情，但到目前毫無防備的情況下，也平安無事過到今天。總

之知道御魂大人在哪裡之後，我覺得沒有必要強迫祂接受我們的意見吧？」

「但是如果認同這種事情，就會創造出不好的前例。」

白妙面有難色。但是，

「如果白妙閣下知道御魂大人為什麼要離開本宮，那就沒有太大問題。但，妳也不清楚吧？」

陽炎的語調相當正常，絕對沒有苛責的意思。但身為貼身照顧宇宇的首席女官，對於完全不清楚宇宇失蹤的理由可能有立場上的問題吧，只見她咬緊下唇。

「首先最重要的，應該是要知道御魂大人的想法。不明白就帶祂回去也無濟於事，妳不這麼認為嗎？」

看見白妙的反應，陽炎盡量故作輕鬆地說。

陽炎說得沒有錯，就算勉強帶她回去，如果又發生相同事情，下一次可能就真的跑到更難找的地方去了。

「……我明白了，如果御魂大人還不想要回來的話。」

從白妙的表情可以知道這是相當苦澀的決定。

聽到這句話後，薄緋把視線與秀尚抱在懷中的宇宇平視：

「御魂大人，您暫時還不用回到這邊也沒有關係，但是，請您務必一定要與這位加之原閣下在一起。」

溫柔地說完後，宇宇點點頭。

「那個，那白妙？小姐。」

秀尚開口喊了似乎在責備自己的白妙。

「是的，有什麼事情嗎？」

「我會再三小心地好好照顧宇宇，請妳別太擔心。宇宇，跟白妙小姐說『晚安』。」

秀尚說完後，宇宇偷偷看了白妙一眼，小聲說了：「晚安。」

「御魂大人……」

秀尚對著還想說什麼的白妙說：

「那麼，我去哄宇宇睡覺了……」

迂迴表示「所以請回吧」之後，視線轉往稻荷們身上。

「宇宇睡著之後，我會再做其他東西，你們在這邊等著。」

所有人都理解這並非「我待會兒會做更多料理招待你們喔♥」的意思，而是「你們這些人，我有話要對你們說，給我留下來」的意思。

看見稻荷們點頭後，秀尚和宇宇一起上二樓。

大約三十分鐘後，哄睡宇宇的秀尚回到廚房。因為聽懂他的弦外之音，白妙已經離開，而包含薄緋在內的稻荷們全部都留著。

雖然多少有喝酒吃東西，但卻沒有平常的氣勢。

「讓你們久等了。」

秀尚盡量發出開朗語調，站在流理檯前。

「御魂大人睡著了嗎？」

陽炎問。秀尚邊洗手邊點頭。

「她情緒似乎有點激動，一開始眼睛睜大大地不肯睡，但第二本繪本讀到一半開始有點遲鈍，第三本讀完時已經睡熟了。」

說明後，稻荷們皆露出放心的表情。

「今天已經不太想繼續吃喝了嗎？那我就不繼續做菜了喔。」

「不，沒那回事……但不先把掛心的事情處理完，吃不下也喝不下啊。」

秀尚也對陽炎這句話同意點頭。

「是宇宇的事情對吧？總之，我不知道宇宇平常的樣子，也無從比較起，但上週見面到今天為止，她就是個普通的可愛孩子，而且心情相當好喔。」

「這樣啊……她確實看起來相當有精神。」

時雨一臉放心地低語。

「你啊，有沒有問過御魂大人是從哪裡來的之類的啊？」

明明是陽炎提問，秀尚卻看著薄緋。

「一開始我以為是被父母帶來上面神社時迷路的小孩，但我問她，她也不回答，之後薄緋先生對我說她不是人類小孩，而且似乎想暫時留在這邊，就提議讓我照顧她一陣子。然後我就想，如果她本人滿足了，應該就會自己回去吧。」

秀尚的回答讓陽炎嘆氣：

「我雖然知道你是個很不拘小節的人……但一般來說應該會更加警戒之類的吧？」

「該怎麼說呢？小秀其實膽子相當大耶。」

時雨也接在陽炎之後嘆氣說道。

「因為我想是薄緋先生的提議，應該沒有問題吧。」

「實際上也真的沒有問題，對吧？」薄緋爽快回話。

「問題不在那裡！」但立刻被陽炎吐槽，其他稻荷也全激動地點頭同意。

「唉……」薄緋輕輕歪頭，露出「不知道哪裡有問題」的表情。

「算了，認識這麼久早知道薄緋閣下就是這種個性，也知道他不會不經大腦就做出這種事情。」

「所以，我們也沒辦法多說什麼啊……」

陽炎和時雨有點放棄地說完後，意氣相投地說著：「今天就讓我們喝悶酒吧。」

但秀尚要求他們等等：

「等等，喝悶酒之前，我有些事情想問，更準確地說是想要確認。」

「什麼事？」

「那個啊，我知道宇宇寄住在這邊，是宇宇和大家讓步後的底線。但我朋友還滿常來這邊玩，我現在對他說宇宇是有點原因才寄住在這裡，但如果待在這邊太久可能會被懷疑，說她父母怎麼有辦法若無其事地把小孩丟給別人這麼久之類的。」

「啊，確實如此。寄放在有小孩的家裡還說得過去，把可愛小女生寄放在單身男人家可是很不得了啊。」

在人界生活時間長的時雨和濱旭理解地點點頭。

「所以我覺得應該要準備好合理的理由才行。」

說完後，秀尚把拜託房東夫妻幫忙洗澡，以及他對房東夫妻說的背景告訴大家。

「如果房東夫妻可以接受，我覺得沒有問題。也有人跟濱旭一樣，一出差就是一個月。如果奶奶年事已高，他們大概也能接受住院時間拖長這件事吧……」

「你們覺得相同設定能通用嗎？」

「雖然覺得應該可以……但如果是正義感很強的朋友，感覺會說出『讓我和對方談』之類的。」

濱旭這句話讓秀尚思考了一下。

常來玩的朋友就是指神原。

神原雖然不是濱旭口中那種類型的人，但也是堅決否定自己不認同事情的人。如果他覺得宇宇的父親不負責任，也可能出現這種發展。

「啊……感覺沒辦法說絕對不會變成那樣耶。」

聽到秀尚吞吞吐吐，所有稻荷陷入沉思。

「預想御魂大人可能會長時間待在這邊，然後不會被懷疑的背景設定啊……」

聽完陽炎的話並稍微思考後，

「和告訴房東夫妻的相同設定，你朋友來的時候，就對他說御魂大人的父親有找時間來見祂，這樣如何？」

濱旭說完後，時雨接著說出可能發生的狀況：

「那他會不會說要父親帶去出差地點啊？也不是沒辦法在出差地點找到臨時托育來應對啊……要是時間拉太長，最後會不會出現『他到底要依賴你到什麼程度啊』而發動正義感的狀況啊？」

「但和房東說的說明不同是不是不太好啊？」

濱旭有點擔心。

「啊，這麼說也是……」

時雨露出「苦惱了」的表情看著天花板，但秀尚從到目前為止的傾向來預測：

「啊，那應該沒問題。房東和我朋友沒有同時來店裡過，就算見到面，房東來

這裡時都是和原本的常客互約的感覺，所以我想房東應該不會和我朋友聊太久。」

時雨聽完，稍微深思後開口：

「那乾脆想一個超級誇張的設定如何？『這種時代還有這種事？』的那種。」

「什麼……？」

滿臉困惑的不只是秀尚，其他稻荷也看著時雨。

「誇張設定……舉例來說？」

陽炎一問，時雨大概說了一個很誇張的設定：

「首先，先設定成父母雙亡，然後呢……雙親其中一人舉目無親的感覺，另一個是鄉下名門望族唯一一個繼承人，所以雙親是因為身分地位差太多而私奔結婚。但兩人因為意外雙亡，現在親戚正爭執著誰要收養御魂大人，這類的。」

「哇塞，好像肥皂鄉土劇喔。」

「會不會還出現生離的什麼人，失憶之類的東西啊？」

濱旭和陽炎邊笑邊說，但時雨也不退讓：

「就算誇張到這種程度，說不定也會用一句『鄉下地方常見這種事情』就接受了啦。」

「親戚間起爭執……這是指沒有人要收養嗎？」

這之中，薄緋不知為何相當感興趣地問。

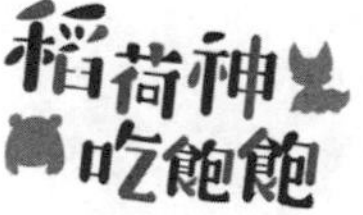

「不是，正好相反。如果是名門唯一繼承人的遺孤，名門的財產將來全都由遺孤，也就是御魂大人繼承對吧？所以就是『我們家來養，正好也有差不多年紀的小孩』、『你這地位低的遠親分家閃邊去』的感覺，大家都來找御魂大人，想要收養祂。但孩子其實對大人的不軌心思很敏感，御魂大人因為壓力生病，所以才會拜託過世雙親的朋友，同時也是御魂大人很親近的小秀來照顧一段時間，之類的。」

稻荷們聽時雨的故事聽得入迷，最後陽炎還想聽結局：

「然後咧，最後是誰收養啊？」

「再怎樣也沒想到那裡啦，就只是背景設定嘛。」

「啊啊，說得也是。」

「只要說和親戚見面本身就會讓御魂大人感到壓力，所以現在完全阻擋在外，不讓祂和親戚見面，應該就能當作沒人來見祂的理由了吧？而且說到遺產繼承問題，也不難想像會拖很久。」

時雨這個故事莫名地有說服力，但秀尚還是很不安。

「這種設定真的沒問題嗎？」

「小秀只要說你也不清楚詳情就好了。這個嘛，那就說成父親是小秀的專門學校同學，母親是望族繼承人，但小秀不清楚母親的身分，這次才第一次聽說之類的？比起完全不認識的親戚，父親朋友的小秀是御魂大人唯一的依靠，只要說成這樣，從

心情上來看，也能理解御魂大人會在小秀這邊的理由了吧。」

雖然只是概略說明，但聽起來確實沒什麼破綻。

即使如此，秀尚仍無法消除不安，在他無法回應之際，時雨又加上一句：

「就算有不合理的地方，要是被人深入一問，使出必殺絕招『我也不知道那麼詳細』來擋就好。總之用『宇宇太可憐了，我真的看不下去』大抵都能過關。」

「嗯，確實如此……只要說成『雖然不知道詳情，但看見御魂大人被帶到這裡來的樣子就無法不管』應該可以……」

就連認為有一般常識的薄緋也贊同時雨的設定。

但因為薄緋基本上待在人界的時間不長，判斷基準本身可能不太可靠，所以秀尚決定拜託在人界生活時間長的濱旭判斷：

「濱旭先生聽完這個設定後覺得怎樣？」

濱旭稍微思考後回應：

「嗯～～雖然很可疑，但也不是不可能。我出差時去了很多地方，偶爾會在鄉下地方看見嚇死人的望族大豪宅，庭院裡有超大倉庫！或是大豪宅就在一望無際的田中央！這種，感覺是橫溝正史的小說裡會出現的，所以說可以用也是可以用啦。」

「可以用啊……」

「看吧～～就說可以吧。」

時雨不知為何一臉得意地回應，結果決定就照這個設定來了。

順帶一提，關於沒有換洗衣物這點，決定拿「從宇宇的狀況考慮，律師認為應該要盡早離開當時的環境，所以擅自做決定帶她離開醫院來這裡」這類藉口來圓謊。

「我也不知道有沒有對神原講過宇宇父親的事情耶……」

這是目前最擔心的部分，

「如果你之前講過，被他吐槽和先前說的不同，只要說『其實我之前不知道能不能詳細說明，所以隨便說說啦』就可以了啦。」

時雨用「總之就強勢帶過」的感覺回覆。

「不管怎樣，只要支支吾吾就會被發現說謊，要是被問詳情，就用『那些我就不清楚了』帶過去。」

輸給時雨再三強調的氣勢，秀尚點點頭。

「如果你忙著照顧御魂大人而讓店裡工作忙不過來就直說，我們會安排可以幫忙店裡工作和照顧孩子的稻荷過來。」

陽炎考慮到可能出現的狀況後說道。

「如果真的狀況急迫，我會開口拜託，但我想盡量自己努力。雖然不知道宇宇不想回去的理由，但從她剛剛的反應來看，有稻荷在身邊或許才是最大的壓力……」

秀尚說完後，陽炎表現出「這麼說也是」的樣子點點頭。

薄緋擔心問：

「那麼，明天別讓孩子來是不是比較好？雖然是孩子，但他們都是有成為稻荷資質的人……」

「該怎麼辦呢？孩子們知道宇宇是神明嗎？」

「不，他們不知道。雖然他們有對我說加之原閣下這邊出現了一個小女生……」

「如果知道宇宇是神明，可能會造成宇宇的壓力，但如果不知道，他們一開始就很要好地一起吃飯，我想應該沒問題。明天試著讓他們一起玩，如果不行的話再考慮吧。」

薄緋聽完秀尚的回答後說聲：「我明白了。」接著起身，「看來已經大致說完了，那麼我就在此先行告退。」

「欸～～薄緋閣下要回去了嗎？留下來一起喝嘛。」

雖然時雨邀他喝酒，但薄緋表示：「我明天也是從一大早起就要照顧孩子，請大家好好玩吧。」然後先行回去了。

「薄緋閣下還是一樣冷淡。」

時雨邊說，不知何時拿出一升瓶往杯子裡倒酒。

「那麼，複雜的事情就講到這裡，來喝酒吧。」

陽炎也說道，這句話宣告居酒屋再次開始營業。

# 五

「宇宇，這個嗎？」

隔天，萌芽之館的孩子們一如往常地到公休日的加之屋來玩。

薄緋似乎事先對孩子說明：「加之屋來了一位作客的小女孩，大家要和她一起玩。」而且孩子們已經見過一次面也認識她，所以大家都和宇宇玩得很開心。

他們現在在玩樂高積木，淺蔥找到了宇宇在找的積木拿給她。

「謝謝。」

看來就是宇宇在找的積木，宇宇道謝後，接過積木組到自己手邊的積木上。

宇宇仍然組裝著不明就裡的東西，但她本人似乎很滿足。

滿足的理由不止這一個。

一開始來到加之屋時，宇宇綁著可愛的丸子頭，但秀尚沒辦法幫別人綁頭髮──特別是沒有替小女孩綁可愛髮型的能力，所以總是沒綁起來，或者頂多編成辮子。

但是今天有十重和二十重這對雙胞胎姐妹。

這兩人很有女孩樣，雖然還沒有厲害技巧，但她們自己綁完雙馬尾後，會替彼此綁上緞帶，也會綁最基本的辮子，所以也會彼此幫忙編頭髮。

十重和二十重看見小妹妹——實際上可說是她們將來的上司，總之就是她們服侍的對象——宇宇的模樣後，根本無法坐視不管。

兩人跑回萌芽之館一趟，拿裝著髮飾和緞帶的盒子回來，開始替宇宇編頭髮。

把兩側頭髮轉幾圈用髮夾固定，後面的頭髮先用髮圈綁起來之後再用道具——據說是時雨送她們的禮物——轉個圈圈後往下拉出來，最後在髮根處綁上大大的粉紅色緞帶裝飾……這和十重、二十重今天的髮型相同。

「宇宇好可愛。」

「非常可愛。」

被兩人誇讚，宇宇也滿臉笑容。而且對其他孩子來說，比自己還小的宇宇似乎是「得要保護她才行」、「得要照顧她才行」的對象，活潑好動的孩子也體貼地照顧她。

「加之哥哥，可以說，下個故事，嗎？」

就在秀尚看著宇宇時，今天也沒辦法順利化身人形，有著人類孩子臉，但是雙狐狸手的壽壽，雙手拿著繪本走過來。

「啊啊，對不起、對不起，下一本是什麼？」

「漢在爾與葛麗特。」

壽壽有很多字沒辦法好好發音。

現在也是把「賽」唸成「在」，也唸不好字母，常常混在一起說。

但遲早有一天能好好發音，而且秀尚覺得包含這些部分在內，才有壽壽的風格。

「原來是糖果屋的故事啊。」

秀尚接過繪本後，壽壽邊窺探他的反應邊問：

「可以坐腳腳嗎？」

「可以啊，過來吧。」

秀尚回應後，壽壽往秀尚盤坐的腿中間塞進去。

接著，正當秀尚要開始唸繪本時，原本在玩樂高積木的宇宇跑過來，硬要擠進壽壽旁邊的空間。

「宇宇也要坐。」

「宇宇，現在小壽坐在這邊啊，妳要排隊。」

個性軟弱的壽壽以為自己得就此退讓，已經眼泛淚光，但宇宇看著壽壽笑著說：

「壽壽，一人一半。」

「一人一半……」

壽壽重複後，宇宇點點頭。

「宇宇和壽壽一人一半。」

宇宇完全不帶惡意，而壽壽在萌芽之館也已經習慣「一人一半」與「排隊」這些互相禮讓的行為，最重要的是壽壽對「自己不需要退讓」安心點頭。

——小壽啊，你軟弱也要有個限度啊……

秀尚這樣想著問壽壽：

「小壽，真的可以嗎？」

壽壽很能接受地回應：

「……一人一半……」

既然壽壽同意，那秀尚也不多說什麼了，就讓兩人坐在他腿上開始讀起繪本。

「在筋疲力盡的兩人面前，出現了非常棒的，用糖果做出來的家呢。」

「糖果……！」

「糖果～～」

兩人滿臉笑容地指著繪本上的糖果屋，宇宇突然抬頭看秀尚。

「宇宇喜歡點心。」

「小壽也是……」

壽壽也跟在宇宇後面含蓄表示，其他孩子大概聽見了吧，

「我也喜歡點心～～！」

「豐峯喜歡蛋糕。」

「二十重也喜歡！」

「我喜歡派！最喜歡有蘋果的那種～～」

開始七嘴八舌講起自己喜歡的甜點，狀況一發不可收拾。

「吃點心之前要先吃午餐吧？今天要吃什麼烏龍麵？也有蕎麥麵喔。」

一看時鐘時間正好，所以決定來吃午餐。一問孩子想吃什麼，萌黃第一個舉手回答：

「我想要再吃之前吃過的那個培根的麵。」

「啊～～培根蛋麵啊，其他人呢？」

雖然糾正過好幾次，但萌黃的大腦似乎已固定想成「培根的麵」了，秀尚判斷今天糾正也沒用，於是直接帶過問其他孩子。

「豐峯要吃咖哩烏龍麵。」

「我想要吃天婦羅蕎麥麵。」

有好幾個孩子提出自己的要求，也有孩子無法決定。

每回都是如此，秀尚重複被點菜的烏龍麵與蕎麥麵的名字，讓孩子從三種菜單選擇，接著統計人數。

「那麼，大家下樓去吧。」

所有人的午餐都決定後，大家一起下樓去。

接著讓他們在榻榻米上等待，秀尚開始煮大家的午餐。

雖然秀尚巧妙安排步驟，讓不同餐點完成的時間不會差太多，手腳俐落地煮好三種烏龍麵與蕎麥麵，但要是等到全部餐點都到齊，最先煮好的麵會都泡爛了，所以總是從完成的人開始先吃。

接著，等到所有人的午餐都煮好，秀尚端著自己的烏龍麵——很簡單的月見烏龍麵——到榻榻米座位坐下時，豐峯正好在餵坐他隔壁的壽壽吃培根蛋麵風味的烏龍麵。

「小壽，怎麼了嗎？」

開口問嘴巴忙碌咀嚼的壽壽後，立刻想到理由了。

「啊，對喔，你今天沒有辦法拿筷子。」

今天壽壽的手還是狐狸手。

用那雙手沒辦法拿筷子或是湯匙。

「沒問題，我會幫壽壽。」

豐峯這樣說著，趁著壽壽咀嚼嘴裡東西時，吃自己的咖哩烏龍麵。

對孩子們來說，互相幫忙是理所當然的事情，秀尚看見這一幕時，心靈都會因為孩子們的溫柔湧起暖意，像是被洗滌一番。

——我辭掉飯店時能完全放下八木原前輩的那件事，應該全都託這些孩子們的福吧……

雖然經歷不平常的經驗，也產生很多事情根本無所謂的想法，但更重要的是，和單純、溫柔的他們接觸後，身心也在不知不覺中被他們撫慰了。

「加之葛格，好吃嗎？」

坐離秀尚稍遠，被十重和二十重夾在中間，正在吃咖哩烏龍麵的宇宇問他。

秀尚平常都會問她「好吃嗎？」所以宇宇也變得在秀尚吃飯時絕對會問他好不好吃。

「嗯，很好吃喔，宇宇呢？」

秀尚雖然還沒吃，但如此回答。

「宇宇也很好吃～～」

宇宇回答後，其他孩子也跟著回應：「我也是！」

「這樣啊，太好了，大家都要好好細嚼慢嚥喔～～」

秀尚說完後開始吃自己的烏龍麵。

吃完午餐後，孩子們再次回二樓玩遊戲。

幾乎所有孩子都接續上午繼續玩樂高，宇宇也跑回去玩樂高，而兩隻小狐狸和壽壽則是幫大家找積木。

在這之中，萌黃突然驚聲大叫：

「呀！」

「萌黃，怎麼了？」

秀尚嚇得轉過去看，只見宇宇緊緊抓住萌黃的尾巴。

「軟軟的。」

宇宇開心說著，她的模樣沒有絲毫惡意。

大概是鬆軟的尾巴在她面前搖個不停，所以想要摸摸看吧。

「宇宇，妳不可以這樣突然抓住。說『萌黃，對不起嚇到你了』，會說嗎？」

秀尚說完後，宇宇放開尾巴點點頭，看著萌黃鞠躬道歉：

「對不起。」

「沒有關係。」

萌黃只是嚇一跳但不會痛，所以立刻接受宇宇的道歉。

「道歉的宇宇，和原諒宇宇的萌黃都好棒喔！」

秀尚誇獎兩人後教宇宇：

「宇宇，如果妳想要摸尾巴，要先問可不可以摸，然後才輕輕摸喔，不可以抓住。」

教完後，宇宇問萌黃：

「可以摸？」

確認萌黃點頭後，宇宇照秀尚教的輕輕摸萌黃的尾巴。

「軟軟的。」

因軟毛的觸感滿臉笑容的宇宇和乖乖讓宇宇摸尾巴的萌黃，這一幕令秀尚不禁莞爾。

＊

加之屋隔週會連休兩天，所以宇宇連續兩天和孩子們玩得很盡興。

接著在營業日，

「歡宜關臨。」

宇宇一如往常，精神飽滿地迎接顧客。

「妳今天也很有精神呢。」

不是第一次見到宇宇迎接顧客的午餐常客，對宇宇前來迎接露出微笑，第一次來的顧客一開始雖然嚇一跳，但也對小小服務生的可愛模樣露出笑容。

因為宇宇太可愛，仍然有顧客想要拍照——基本上會徵求秀尚同意，秀尚則會以不能上傳到網路為條件應允——彷彿小小偶像。

宇宇本人大概也明白自己受大家寵愛，心情非常愉悅。

就在某天，午餐時段的顧客全部離開，店裡空無一人，秀尚趁著這段時間做宇宇

的點心兼輕食與自己的午餐。當秀尚在廚房裡做餐點時，聽見又有顧客上門的聲音。

「歡宜關臨。」

聽見宇宇迎接顧客的聲音，秀尚停下手邊工作，走到外面迎接客人。

「歡迎光……臨。」

秀尚話講到一半中斷，語尾幾乎不成聲，這是因為進來的顧客是認識的人——八木原。

「那個……啊，歡迎光臨。」

雖然滿心困惑，秀尚還是再次說出歡迎光臨。

「我問神原店在哪……你看起來很有精神。」

八木原與秀尚在飯店工作時相同，給人一種態度高高在上的感覺，但果然還是相當不自在。

「託你的福，勉強過得去。」

雖然是非常普通的回話，但話說回來，秀尚會辭掉飯店工作就是起因於八木原，秀尚說完後在意起這句話會不會聽起來像在挖苦人。

如此一想就沒辦法把下一句話說出口，彼此尷尬到極點。

「那個，今天有什麼事情嗎……是要到神社去嗎？」

雖然認為絕對沒這回事，但不說些什麼會更尷尬，秀尚總之先開口問道。

「不……因為我沒想到你竟然會辭掉飯店……」

看見八木原難以啟齒的樣子，大概察覺他是要來對先前的事情道歉，但在八木原繼續說話前，

「這個盒子是點心？」

宇宇突然抓住八木原的腳，指著他手上工作飯店的蛋糕盒。

「啊，對啊。」

八木原雖然不知所措，卻還是回答她。

「點心！宇宇要吃點心！」

宇宇的眼睛閃閃發亮，爬上八木原的腳想要摸蛋糕盒。

八木原完全與方才不同意義地不知所措，而且他也不能把這麼小的孩子甩開，只能任憑宇宇撒野，接著問秀尚：

「這孩子是怎樣，你的小孩嗎？」

「宇宇，不可以這樣對客人。」

秀尚趕緊把宇宇抱開，邊說明邊把宇宇緊緊抱在懷裡：

「她是我朋友的孩子，因為發生一點事情，暫時寄放在我這裡。」

但宇宇完全不看氣氛，再次使出點心攻擊：

「點心呢？」

「宇宇。」

秀尚用教訓的語氣喊著宇宇，八木原則說：「別在意，本來就是要拿來給你的。」說完把蛋糕盒放在榻榻米的桌子上。

「可以吃嗎？大家一起吃？」

聽到宇宇這麼一問，加上店裡現在沒有顧客，所以決定就這樣讓宇宇在榻榻米上吃點心。

秀尚也請八木原坐下，端出咖啡來之後，立刻有一組顧客走進來：

「請問還有午餐嗎？」

「啊，還有，請進。」

秀尚看著八木原稍微說了一句「不好意思」後，前去接待顧客。

點完餐，正準備要進廚房做餐時又有顧客上門，這次是人數稍多的五人團客。看來似乎是剛到神社參拜完。

替他們點完餐，依序做餐時，又有顧客上門了。

中午忙碌時總是這樣，但很少像今天這樣人潮一度平息後又再度有大量顧客上門。

正當秀尚想去替第三組顧客點餐時，「A套餐一個，還有三明治套餐。」八木原替他點完餐了。

「咦，謝謝你。」

「你就專心做餐，這已經完成了嗎？」八木原指著即將完成裝盤的兩個午餐套餐問。

「啊，是的，這樣就完成了。」

放上小番茄後，放到吧檯上。

「是最先進來的顧客的餐吧。」

確認後，八木原拿起兩個午餐套餐走出廚房。

在那之後又來了兩組顧客，宇宇也中途從榻榻米撤退，被八木原帶進廚房裡——因為座位不夠了——讓她坐在工作檯旁的椅子上。

雖然顧客多成這樣，但八木原不只幫忙結帳，也一手接下待客工作，大約一小時過後，店裡只剩下最後進來的顧客了。

即使如此，有顧客時也沒辦法在店裡休息，秀尚重泡一杯咖啡，讓八木原在工作檯旁休息。

「不好意思，讓你幫大忙了。」

道謝後，八木原雖然已經沒有最初的不自在，但只說了：「不，沒什麼。」後喝了口咖啡。接著過一會兒，才又開口問：

「我聽神原說你生意挺不錯的，平常都這麼忙嗎？」

「人多的時候都是這種感覺，但還滿少見這個時段又出現一次尖峰啦。」

平常午餐時段結束後，顧客總是三三兩兩上門，而且大多都只點飲料，今天所有人都點了什麼餐點。

「一個人應該很辛苦吧。」

「是啊，但我慢慢習慣了。客人也知道我只有一個人，所以也還滿寬容對待啦。」

八木原聽完後說了「這樣啊」後，又喝了一口咖啡。在緊接著到訪的沉默加重前，開口說話的人是宇宇：

「可以再吃一個點心嗎？」

蛋糕盒裡裝的不是蛋糕，而是飯店販售的好幾款烘焙點心。

「宇宇，妳剛剛吃幾個了？」

蛋糕盒裡有點空間，宇宇至少吃了兩個。

「我剛剛吃了這個方形的，還有這個圓形的！」

「那只能再吃一個。」

秀尚說完，宇宇露出深思的表情後，拿起最大的費南雪。

「我拆動了。」

宇宇拆開點心包裝，合掌說完後才開動。接著彷彿想起什麼，向大家報告：

「這個點心，是神神做的！」

「神原前輩嗎？」

因為是飯店的甜點，可能也有神原做的，但基本上都是甜點師傅負責，而銷售用的綜合點心也可能是委外製作。

秀尚以為是神原前幾天做過鬆餅，所以在宇宇心中已經形成「點心＝神原」的公式，但，

「就算是湊巧也太厲害了吧。」沒想到從八木原口中聽見她說中了。

「什麼，這真的是神原前輩做的嗎？」

「沒錯。雖然不是大幅變動負責工作，但為了將來做準備，打算要擴大大家可以負責的範圍，所以那傢伙去幫忙甜點師傅烤烘焙點心。現在正好在大廳有甜點自助餐，所以幾乎一整天都在烤甜點。我今天下班時，他問我是不是要來你這裡，就說著『起碼要帶點伴手禮過去啊』拿給我，他說這是烤得不太好被淘汰的。」

八木原說到這裡，突然想起什麼加了一句：

「這麼說來，他還說『替我向小不點打聲招呼啊』……那是說這孩子啊。」

「啊，應該沒錯。神原前輩之前來做鬆餅給她吃，她吃得很開心。神原前輩特地拿點心來給妳耶。」

笑咪咪吃著費南雪的宇宇，看起來真的很開心。

八木原回應「這樣啊」之後沉默了一會兒，突然開口：

「我從明天開始兩週多，請特休要把假休完。」

飯店兩年重新計算一次特休，有人會有計畫性地分配到每個月，但因為班表關係，就算排休也可能得取消，所以大多都是請長假到國外去度假——出國就不會被臨時叫回飯店上班——或是在重新計算那年一次休完，秀尚過去也是如此。

「這段時間，我來你這裡幫忙吧。」

八木原突然這麼說，嚇了秀尚一大跳。

「什麼？」

明明只是單純驚訝而已，八木原卻用捉弄的語調說：

「你別那副明顯很困擾的表情啊。」

「不，沒那回事，而且說起來，難得的假期，這樣不太好啦。」

「沒有關係，反正我也沒事做。」

秀尚不知道八木原是為什麼說出這種話。

那件事發生前，秀尚和八木原沒特別要好，除了打招呼外也沒說過更多話。

——無法說出口的致歉，之類的？

秀尚突然想到或許是這樣，當然也可能真的沒有安排任何事情。

不管怎樣，繼續拒絕似乎也傷和氣，實際上有他在真的幫大忙了。

「真的可以嗎？」

「沒問題，是我自己提議的。」

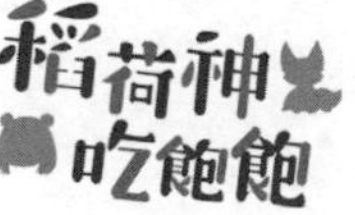

「那麼，就麻煩你了。」

秀尚拜託後，八木原點點頭取代回話，又喝了一口咖啡。

＊

隔天起，八木原依約來店裡幫忙。

第一天只幫忙招呼顧客，第二天時似乎已經把沙拉等裝盤的位置記起來，只要有人點套餐，他就會幫忙擺好，而且也會直接做不需要料理的菜單——例如加之屋意外受歡迎的沙拉與吐司套餐，以及簡單的豆皮、炸麵衣、月見烏龍麵與蕎麥麵等餐點端出去。

「真的幫我超多忙的，很謝謝你。」

所有餐點都做完，稍微得以喘口氣的秀尚道謝後，

「需要料理的東西，不能和你的味道不同所以不能動手，但只是把做好的東西擺盤、加入高湯這種工作誰來做都沒有差別，你來做也不會費太多功夫就是了。」

八木原的口氣中不帶有任何「我幫你很多忙」的感覺。

——咦？我還以為他是那種希望別人更褒捧他的人耶……

這回答超乎秀尚想像，讓他意外。

「不，真的幫我很多。就算不需要花工夫，忙得不可開交還得要狂煮烏龍麵時，

可是讓人無比焦慮啊。」

忙碌時只是幫點忙就可以避免無謂的焦慮，真的幫了大忙了。

「我已經開始害怕你休假結束那天了。」

秀尚說完，八木原噗哧一笑。

——雖然好像講廢話，但這個人也會笑啊……

或許是理所當然，但以前只看見他討人厭的一面，所以才有這種重新體認。

此時，

「咩咩、咩咩，宇宇肚子餓了。」

原本乖乖坐在位置上的宇宇跑到廚房來，抓著八木原的褲腳如此說。

「咩咩」就是八木原。

大概是把八木原的八木「Yagi」轉換成山羊的「Yagi」之後，接著再次轉換成孩子用來表現羊叫聲的「咩咩」吧。

八木原第一天第一次聽到她這麼喊時嚇一大跳，今天已經完全習慣了。

八木原問秀尚：

「午餐了啊。你平常都讓她吃什麼？」

「平常就是輕食，或是稍多的點心的感覺，今天中午前只吃了一個小麵包，所以我打算做正常份量的午餐給她。」

因為她很喜歡早餐的飯糰，所以今天吃得特別多，平常在開店前會讓她吃的第一頓午餐幾乎沒有吃。

還以為她會更早喊餓，幸好她撐到午餐尖峰時間結束。

正在說明時，又有顧客上門，八木原立刻上前點餐。

「A套餐、B套餐各一。」

「好。」

秀尚回答後立刻著手料理，八木原將兩個套餐的擺盤做完後問：

「可以讓我來做宇宇的午餐嗎？」

「反而是我要說感激不盡。」

「好，宇宇等一下喔，我做個好吃的東西給妳。」

八木原說完後拿過一個料理盆，打進兩個蛋。

「我拿鮮奶油和奶油喔。」

「請用。」

秀尚邊回應邊繼續做餐，八木原則在他旁邊俐落地打蛋液，在不影響秀尚作業流程的時間內使用瓦斯爐煎蛋。

接著一轉眼就完成原味歐姆蛋，這是飯店早餐的必備菜單，也相當受歡迎。

八木原漂亮盛盤，再拿午餐的沙拉和當小點心的水果裝飾，端給坐在工作檯旁

興奮等待的宇宇。

「來，讓妳久等了。」

看見鬆軟有光澤的歐姆蛋，宇宇的眼睛閃閃發亮。

「黃色的～～」

「這叫歐姆蛋，主食怎麼辦？要吃飯還是吃麵包？」

「飯飯，還要鬆鬆。」

聽見宇宇的要求，秀尚在旁說：「請幫她撒海帶芽香鬆。」接著把午餐套餐端出去。

等回到廚房時，看見宇宇一臉陶醉幸福的表情吃著歐姆蛋。

「軟軟的好好吃～～」

「這樣啊，真是太好了，蔬菜也要全部吃光喔。」

八木原對小孩說話的口氣只多了點溫柔，幾乎沒什麼改變。

但即使是對年幼的宇宇說話，要是他用小孩說話的語調，那個落差應該會讓人受不了吧。秀尚這樣想著，一邊開始洗餐具。

八木原說要來幫忙時，秀尚最擔心的就是能不能好好相處，但他實際上來幫忙之後，和在飯店時不同，事情一切順利。

大概單純因為秀尚辭掉飯店後，兩人不再是競爭對手，所以八木原也不再對他有敵意，八木原自己在那件事情後或許也有了改變吧。

總之，沒發生任何讓人擔心的事情，一轉眼五天過去了。

店裡一如往常生意興隆，午餐尖峰時間過後，秀尚端著目前最後一位客人點的料理朝顧客座位前進時，看見顧客攤開地圖正在問八木原什麼。

但問題在於這位顧客，從他深邃的五官與明亮髮色判斷，他確實是外國人，聽他說的語言也確實是英文。

——哇，發音標準到我根本聽不懂在說什麼啊。

因為近年的觀光熱潮，偶爾也會有外國觀光客光臨加之屋。

他們偶爾也會問秀尚問題，雖然用著隻字片語，但大多外國人還是用日文說話，所以最起碼能理解他們想要表達什麼。

秀尚想著，如果找他求救他也無能為力啊，此時，

「The easiest way is to go to Kyoto station by bus and change to another bus...」

八木原回以超流利的英文。

而且聽起來還是與外國人相較絲毫不遜色的標準發音。

——真的假的……

驚訝地看著八木原輕而易舉回應一個又一個提問，但就這樣盯著看也太詭異，秀尚收拾空桌上的餐具後走回廚房。

過了一會兒，所有顧客離開後，加上宇宇的三人一起坐在空桌上吃員工餐。

宇宇似乎相當喜歡歐姆蛋，連續三天要求八木原做給她，非常開心地吃著。

「話說起來，剛剛有外國客人找你說話對吧？」

「啊啊，他說他想要去金閣寺。」

「我看見你超流利地回答，真的嚇了一大跳。原來你會說英文啊。」

秀尚說完後，八木原隨口回答：

「我高中時，在暑假前後到美國留學三個月過。」

「真的嗎？光那樣就能說得那麼流利嗎？」

「再怎樣也不可能啦。加上我老家是接待留學生的接待家庭，日常生活中都會用英文單字交談，當時鍛鍊到我現在在基本日常對話上還有辦法應對。」

秀尚佩服地說著：「這樣啊～～」

「真的很厲害呢，那國外電影也能不看字幕就看得懂嗎？」

「嗯，是沒錯，但我都看配音版。」

「咦～～為什麼，太可惜了。」

「為什麼可惜啊，配音版和字幕版一樣價錢，我想要輕鬆點看啊。」

「是這樣說沒錯啦……欸～～但是太可惜了啦。」

「嗯，也是啦。國外演員來這邊宣傳電影時，不是會有專訪嗎？這時懂英文就很吃香，因為很多東西翻譯不出來。」

「真的假的……我現在要不要認真學英文啊……」

聽見八木原咧嘴笑著說出這段話，秀尚有點認真開始煩惱起來：

八木原突然對著秀尚道歉：

「我至今都沒有好好向你道歉……但我真的覺得自己做了很對不起你的事情……對不起。」

「八木原前輩……」

秀尚沒想到他會在此時道歉，而且也根本沒想要他道歉了，所以嚇一大跳。

「當時很多事情讓我焦急，我曾經在交換員工時到北海道一次，在那邊嘗到現實後回到京都……自己覺得大家都因為我只去了一個地方就回來而瞧不起我，緊張地想得快點拿出成果才行……雖然都只是藉口了。」

「不，我大概可以理解你焦急的心情。」

秀尚過去工作的飯店，有讓有前途的工作人員到集團其他飯店學習的慣例。

只要在第一個地方留下成績，就會被送到第二個地方繼續學習，回到原本飯店

時就會走上出人頭地的道路，雖然沒連這些都明記在規則上，但就是大家都知道會這樣發展。

只不過，能去第二家飯店的真的只有一小群人，八木原只去了一家飯店就回來了。秀尚本來是東京飯店的員工，因為交換而來京都，然後在京都辭職。但如果沒發生這些意外，他應該也會以升職為目標，所以能理解八木原的心情。

「只不過，手機那件事啊。」

「啊，是的。」

被八木原偷走食譜那時，與食譜相關的照片全部從秀尚的手機中消失，因此秀尚沒有辦法證明自身的清白。

「置物櫃的鎖不是我撬開的，再怎樣我也做不到那種事情……那天，我用力關上自己的置物櫃時，你的櫃子就打開了。雖然你可能不相信啦。」

「啊……原來是那樣啊，我知道櫃子偶爾鎖不太起來，也沒辦法判斷是不是被撬開的。」

「不管怎麼說，我都做了超低級的事情。當時已經偷了你的食譜，但也知道你大概會拿出證據而引起騷動。偷了你的食譜當成自己的交出去時還沒想那麼多，但冷靜下來後很簡單就能想像……所以我想著這是大好機會，如果幸運讓我解鎖的話……你的生日和我爸相同，所以我記得，但我沒想到現在還會有人用生日當解鎖密碼，一次就解開時，老實說我嚇了一大跳。」

秀尚聽到後不禁苦笑。

「那時我也自己反省了，所以第二支手機可是有好好換密碼。」

「正常人也不會去弄別人的手機，我的本性已經徹底爛了……抱歉。」

八木原再次道歉，秀尚搖搖頭。

「已經是過去的事了，食譜被偷的時候我真的超火大，但我沒後悔自己辭掉飯店工作。現在開這家店，雖然不是不辛苦，但每天都很開心、很滿足……已經沒關係了。」

聽到秀尚的回應，八木原似乎想要說些什麼，但不知道該怎麼說。

然後氣氛莫名變得有點沉寂讓秀尚有點不自在，他語調輕鬆地說：

「啊～～我接受你的道歉了，但你可別說這樣就一筆勾銷然後不來幫我忙喔，我可是打著可以輕鬆一點的打算啊。」

「你滿心想要免費使喚我吧。」八木原也用相同輕鬆的語氣回應。

「這也是沒有辦法的嘛，因為飯店禁止副業啊。但是你可以盡情和可愛的小女孩相處喔。」

秀尚說完後，看著把歐姆蛋吃得一乾二淨的宇宇。

「我有點擔心這傢伙的身體會不會過幾天就變成蛋的顏色了……」

八木原有點擔心連續吃了三天歐姆蛋的宇宇。

# 六

「哎呀～～大家今天還真早呢。」

當晚，時雨從加之屋二樓下樓時，對比平常還更早聚集在廚房裡的居酒屋常客稻荷們打招呼。

「你才比我們更早來吧？」

陽炎拉拉椅子，邊替時雨空出座位邊問。

「我下班後，到開店時間前空出了一段時間，而且我果然還是很擔心御魂大人啊。」

時雨說著，拉過椅子在空出來的位置坐下。

從前天開始，時雨算準宇宇到房東夫妻家洗完澡回來的時間過來。

一開始宇宇還相當警戒時雨，但時雨卻眨眼對祂說：

「御魂大人別擔心，我在這裡不會不識相地講起和本宮有關的話題。」

實際上，時雨什麼也沒說，陪宇宇一起讀繪本直到祂睡著為止，所以宇宇徹底信賴他，昨天和今天都是時雨哄祂睡覺。

「御魂大人的狀況怎樣？」

「很好喔，完全不需要擔心的感覺。」

時雨如此報告，在場的稻荷們全都鬆了一口氣。

「雖然讓人很開心，但不知道祂何時才願意回來這邊。」

陽炎嘆氣說著，看向秀尚。

「你有問出什麼嗎？」

秀尚搖搖頭。

陽炎是在八木原第一天來幫忙那晚，拜託秀尚：「你可不可以幫忙巧妙問出御魂大人離家出走的理由啊？」

在那之後，秀尚也找到機會試著問了，但宇宇一句「不要」就結束這個話題。

「感覺問太深還是太煩，她也會從這裡離家出走，所以有點害怕不敢問太深。」

雖然這樣說，其實秀尚曾經纏著問，結果宇宇在那之後只肯說「不要」，讓秀尚很傷腦筋。

不管吃飯、讀繪本、玩樂高積木還是要去洗澡全都說不要，所以秀尚放著她不管，結果她還會特地跑過來說：「不要！」

簡直是無法理解的行為了啊。

大概是後續影響，這幾天連小事情都開始拒絕，就算知道是小孩子說出口的話，但這種「不要」攻擊還是讓人消沉。

「確實得要避免發生從這裡離家出走的狀況啊。」

陽炎一說，時雨也重重點頭：

「最嚴正警戒與搜索同時進行的狀況，真的拜託別再來一次了……」

其他稻荷們也跟著點頭。

「我會努力盡早問出來。」

秀尚說著，時雨向他道歉：

「對不起喔，小秀也很忙，還要幫忙照顧御魂大人，不僅如此我們還拜託你問出離家出走理由這種難事。」

「不會啦，沒問題。我在飯店時的前輩現在來我店裡幫忙，所以我有比較輕鬆了。」

秀尚說完，陽炎「喔～」有點驚訝地問：

「是這樣啊，該不會是那位來幫你改裝店面的前輩吧？」

「不，神原前輩很常來這邊玩，但這次是另外一位……偷了我的食譜的人。」

「什麼？真的假的！」

陽炎這次露出真心驚訝的表情，時雨和其他稻荷對秀尚那件事的始末雖然不如

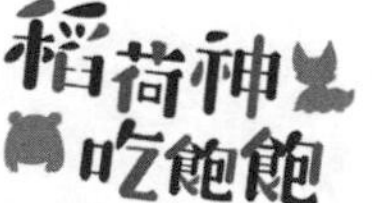

陽炎清楚，但也露出相同驚訝的表情。

「真的，他現在為了消耗特休而休假……這段期間會來幫我忙。然後，他也為食譜的事情向我道歉了。」

「是這樣啊……那麼，你接受他的道歉了嗎？」

「是啊。該怎麼說呢，他剛來店裡時，我們彼此都很不自在……他似乎也發生很多事情變得不太一樣，而我對當時的事情，雖然沒有忘記，但也覺得已經過去了，所以也沒特別激動。」

雖然沒辦法說明白，但秀尚試著說出自己的心情。

「啊啊，那是因為小秀已經和當時處於不同次元中了啦。」

時雨微笑說著。

「不同次元……呃，我現在已經超越身為人類的領域了嗎？」

人類居住的世界和他們稻荷居住的世界雖然重疊，但似乎是在不同次元的世界。

秀尚還以為自己長期和他們交流後，已經超越身為人類的範疇了，但時雨進一步說明：

「不是啦，不是那個意思，是你心情的問題啦。那件事情已經無法影響現在的你，完全成為『過去』次元的事情了。」

「哎呀，那就表示你現在過得相當充實啦。」

陽炎加上這句話後，開口點餐：

「那麼，也讓我的肚子充實一下吧，有什麼可以飽餐一頓的東西嗎？」

「啊～～要吃肉嗎？那做個日式炸雞塊好嗎？」

秀尚問完，

「真是的啦～～炸雞塊超級下酒耶。果然還是要喝啤酒吧，大家要再來一杯嗎？」

時雨開心慘叫後，興高采烈地開始準備新酒。

今晚居酒屋也順利地氣氛熱烈。

＊

隔了一個公休日後，又來到營業日。

在午餐時段即將結束時，神原到店裡來看狀況。

「啊～～神神！歡宜關臨！」

宇宇開心地迎接神原到來，神原伸手抱起朝他小跑步而來的宇宇。

「午安，宇宇妳過得好嗎？」

「嗯！」

滿臉笑容回應的宇宇和神原，果然飄散出父女的感覺啊。

「神原前輩，歡迎光臨。」

秀尚打招呼後，神原打招呼的同時也點了餐：

「午安啊～～我可以點個三明治套餐嗎？」

「了解了，飲料和料理一起送，然後做熱的嗎？」

「嗯，麻煩你了。」

神原說完，抱著宇宇在榻榻米坐下。

「啊，神原前輩。」

「嗯？幹嘛？」

「可以請你幫忙看宇宇吃午餐嗎？」

因為還有其他顧客，秀尚自己在外面吃不太好，但還是孩子的宇宇和以顧客身分上門的神原兩個人還在允許範圍內，所以拜託他。

「可以啊，宇宇吃午餐囉。」

神原說完後，宇宇看著八木原：

「咩咩，宇宇要吃歐姆蛋。」

宇宇和平常一樣，可愛地央求要吃歐姆蛋，但聽見宇宇說話的神原淺笑著問：

「咦，咩咩是在叫八木原前輩嗎？」

「沒錯。」

八木原簡短回應，而神原明明理解理由還追問八木原：

「和『山羊』發音相同所以叫『咩咩』嗎？」

「我不知道小孩在想什麼。」

八木原用看似繃起臉的面無表情回應。

聽見兩人的對話，大概以為自己的要求沒被聽見吧，宇宇再次點餐：

「咩咩，宇宇要歐姆蛋。」

但是秀尚直接說不行：

「宇宇，妳每天都吃歐姆蛋，今天不行吃了。」

昨天是公休日，所以沒有讓她吃歐姆蛋，但因為其他孩子纏著秀尚做高湯煎蛋捲，宇宇也開心地吃煎蛋捲，結果雞蛋的攝取量沒太大改變。

「不要！」

「就算妳說不要，今天就是不行。」

說完後，秀尚回廚房去做神原的三明治。同樣回廚房準備替宇宇做午餐的八木原問：

「宇宇的午餐要怎麼辦？」

「可以麻煩你把午餐的配菜裝盤成兒童套餐的可愛感覺嗎？」

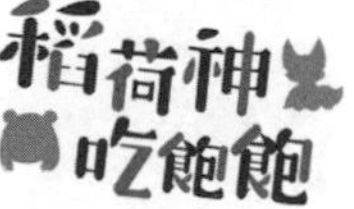

「了解。」

八木原把午餐剩下的配菜少量裝盤，把沙拉裡的小蘿蔔弄成小皮球的樣子，把甜點的蘋果做成小兔子，在兩艘用菊苣葉做成的小船裡裝上茄汁雞肉炒飯，再分別放上小熱狗做成的章魚和螃蟹當船長，完全呈現出可說是「美照」的可愛模樣。

這宇宇肯定也會喜歡。秀尚把這和神原的三明治一起端上桌，但不被允許吃歐姆蛋的宇宇整個鬧彆扭，說著：「不要！」把頭別過去。

——啊……這有點不妙啊。

正在秀尚煩惱著要不要請八木原做個歐姆蛋時，神原毫不在意地說著：「來拍張照。」先替兒童餐拍張照，接著吃起三明治。

「這個炸豬排的厚度真不錯呢……」悠哉地說出感想。

「謝謝誇獎。」

嘴上道謝，但秀尚和八木原都無比在意宇宇的狀況。

宇宇似乎很不滿神原什麼也不說，偷偷看了他一眼。

「宇宇要吃三明治嗎？」

神原發現宇宇的視線後開口問，宇宇說著：「不要！」又把頭轉過去。

「好吧～～那神神就自己全部吃光囉。」

神原這樣說，真的把三明治全吃光了。

——該不會就這樣置之不理結束吧？

就在秀尚這麼想的同時，神原行動了。

「那麼，宇宇，要不要吃這個直挺挺的炸蝦蝦啊？」神原從兒童餐裡夾起炸蝦如此問。

「不要！」宇宇秒答。

「好吧，那麼這隻蝦蝦就移到神神的盤子。有章魚船長的飯飯的船呢？」

「不要。」

「那螃蟹船長的船呢？」

「不要。」

神原依序把宇宇說不要的東西全移到自己盤子裡，就在要移動最後的兔子蘋果時，「啊！糟糕了！宇宇的食物全部沒有了耶！」

神原用「太糟糕了！」的誇張語調說著，宇宇看見自己的盤子被清得一乾二淨，露出絕望表情。

「不要！不要！」

「欸～～真拿妳沒辦法，那我們重來一次喔。要吃有球球的沙拉嗎？」

神原開始重複相同舉動。

大概因為從沙拉開始，宇宇的回答仍舊是：「不要！」

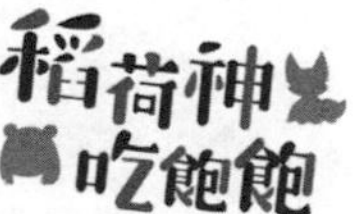

「蝦蝦呢？」

「不要！」

看見宇宇又回「不要」，還以為只是重複相同事情，神原重新問：

「要吃，不要？不要吃，不要？」

對此，宇宇小聲回答：

「……要吃，不要。」

不知何時，剩下的顧客也在一旁靜觀發展，聽見這個回答偷偷發出「喔喔」的聲音。

神原用同樣的方法，成功地把大部分食物移回宇宇的盤子上，只剩下兔子蘋果和一開始被拒絕的沙拉。在秀尚以為只能放棄時，神原單手朝上舉起說著：

「那麼，特別機會！來，宇宇也一起做。特別機會！」

神原又再示範一次，宇宇也模仿神原舉起單手：

「特別會會。」說著說不好的「特別機會」。

看見宇宇說完後，

「這次的特別機會，竟然是！」

神原吊人胃口地停頓一次，

「只要把這個沙拉吃完，這個非常可愛的兔子蘋果就會變成兩隻呢！妳要挑戰

嗎？」

彷彿電視節目主持人般湊近宇宇。

「要！」

在神原的慫恿下，輕易地讓宇宇答應吃沙拉了。

「真不愧是宇宇！吃完沙拉之後，我們讓咩咩再拿一隻兔子蘋果出來喔，兔兔會變成雙胞胎呢。」

神原「這真是太棒了」的語氣讓宇宇滿足點頭。

「好，那我們說『我要開動了』後開始吃午餐吧。」

「拆動了。」

宇宇雙手合掌說完後，正常吃起午餐。

神原這出色的手段，讓秀尚讚嘆：

「神原前輩，你太厲害了。」

「就是什麼都想說『不要』的年紀啦，我外甥女也這樣過。」

「所謂的『不要不要期』啊。」

八木原說完後，神原點點頭。

「我姐的興趣是學德語，那段時期，她竟然會用德語回答我外甥女的『不要』，我問她怎麼了，她竟然說：『ja 就是德語裡的 yes，我家孩子肯定是德國人啦』，我覺得她應該快被逼瘋了，就對她說總之先把孩子帶回老家幾天，要她好好休息，然後就帶著我外甥女回家。」

「感覺是一件很崩潰的事情，但為什麼我很想要笑耶……」

似乎被秀尚這段話戳中笑穴，後面一個顧客噴笑出聲。

在一旁靜觀發展的顧客的時間彷彿因此開始轉動，用完餐的顧客一組接著一組結帳離開。

等到顧客全部離開後，宇宇連追加的兔子蘋果也全部吃光了。

「吃飽飽。」

八木原問合掌說完「我吃飽了」的宇宇：

「點心要不要吃鬆餅？」

雖然弄成兒童套餐的樣子，但考慮到待會還有點心，所以分量偏少，因此才會這樣問她，沒想到也曾讓八木原煎鬆餅的宇宇竟然脫口說出：

「我比較喜翻神神的鬆餅。」暗示著要神原來做。

八木原對宇宇指名神原感到有點沮喪，但宇宇接著滿臉笑容說：

「但是，我最喜翻咩咩的歐姆蛋。」

——天生就會裝可愛啊……

出現這種感想的同時，也對歐姆蛋得到高評價的八木原感到佩服。

歐姆蛋是很簡單的料理，也正因為簡單，更加凸顯出技術的差異。

——他的基礎功果然很扎實，步驟也總是很順暢。

在飯店工作時他們並非近距離一起工作，所以秀尚並沒有太注意看著八木原工作；但兩人在加之屋的廚房裡一起工作，就可以看見至今不知道的事情。

——神原前輩說他現在立場有點尷尬，但只要撐過這段時間，應該能一切順利吧……

秀尚如此想著。

＊

夜晚來臨，到了要帶宇宇到房東夫妻家洗澡的時間了。

「宇宇，要去爺爺和奶奶那邊洗澡了喔。」

呼喊在二樓看最喜歡的動漫ＤＶＤ的宇宇，得到的回答是：

「不要！」

不變的「不要不要期」發言。

晚餐時也稍微發動「不要」攻擊，秀尚費盡千辛萬苦讓她吃掉，即使明白就是反抗期還是讓人沮喪。

但宇宇本人嘴上說著「不要」，還是拿著平常去洗澡時都會帶的小籃子來到秀尚身邊，裡面裝著她喜歡的玩具組。

——就是什麼都想說「不要」的年紀啦——

秀尚回想起神原中午說過的話。

「抱抱。」

宇宇單手拿著籃子，朝秀尚張開雙手，秀尚邊想著「好可愛啊」，正因為可愛，而且明白是什麼都想說「不要」的時期，所以秀尚能理解神原姐姐想要當成德語看待的心情。

照著宇宇要求抱起她後，秀尚帶著她離開店裡。

一如往常搭秀尚進貨時使用的小貨卡移動，但自從被稻荷們知道宇宇在這邊後，副駕駛座就裝上本宮替宇宇準備的安全座椅。

一開始雖然知道不裝不行，但這筆花費很傷荷包，而且她不是人類小孩……秀尚用各種藉口，只讓宇宇扣上安全帶。

「好，安全座椅，ＯＫ！」

確認確實繫好之後，宇宇也跟著重複語尾：「ＯＫ！」

「那麼，出發前進！」

「前進！」

和精神飽滿的宇宇一起朝房東夫妻家前進。

途中，確認宇宇心情還不錯後，秀尚語氣自然地問：

「宇宇啊，妳在本宮時都做些什麼啊？」

「就把白的尾巴啊拍拍拍，白啊，軟軟的。」

結果只得到這不知所云的回答。

——應該是在講誰的尾巴鬆軟吧？是哪個稻荷的尾巴嗎？

秀尚頂多只能這樣推測，也沒辦法理解更多，只能試著問：

「白是什麼？」

「白啊全部都軟軟的。」

宇宇還是回以相同答案，完全無法理解詳情，所以秀尚決定放棄繼續問「誰是白」。

「這樣啊～～軟軟的啊。」

「嗯！軟軟。」

「那在本宮開心嗎？」

順著話題問下去，但宇宇稍微皺起眉頭，一句話也不吭。

——啊，我踩到地雷了，不快點離開地雷接下來就麻煩了啊。

秀尚立刻決定撤退，順著開心的話題轉換成宇宇喜歡的動畫：

「蒙森開心嗎？」

「嗯！」

「那妳最喜歡誰？」

「蒙森。」

宇宇的眼睛閃閃發亮說出主角名字後，開始不流利地唱起片頭曲：

「♪朝著藍藍空空飛去吧～～」

秀尚陪著她一起唱，

——啊……果然還是沒辦法問出來啊……

偷偷在心中嘆氣。

# 七

今天稻荷們也聚集在加之屋廚房裡，開始居酒屋時間。

「今天御魂大人的心情怎樣？」

最近乾杯後的第一句話大概都是這個。

「很有精神地當店裡的招牌女郎喔，還有，會做宇宇最喜歡的鬆餅的朋友來店裡，今天吃到他做的鬆餅，所以心情十分愉快。」

聽到宇宇的狀況後，果然會露出安心的表情。

「所以我以為今天能成功，打算問她本宮的事情，但是失敗了。」

接下來這句話讓所有人嘆氣。

「這樣啊……還沒有辦法啊。」陽炎十分遺憾地說道。

「嗯，我問她在本宮做些什麼時，她有對我說『白』的尾巴軟軟的，她會拍他的尾巴之類的啦……」

秀尚這麼一說，濱旭告訴他正確的內容：

「啊啊，那是拿白狐大人的九尾玩打地鼠吧……」

「原來『白』是指白狐大人啊。」

「是啊，一般來說，宇迦之御魂大人是我們沒辦法隨便見到的人物。」

陽炎這句話讓秀尚驚訝。

「什麼，是這樣嗎？」

「御魂大人平常住在本宮，正確來說是住在與本宮相連接的宮殿裡。在有需要時會前來本宮，但基本上只有白狐大人和一小部分稻荷能見到，我們大概只在一年一次的大祭典中會看見而已……那天祂來到本宮拿白狐大人的尾巴玩遊戲，但在白狐大人會見使者而暫時離席時……」

陽炎說明著，接著問：

「說到這個，白妙閣下說想要來店裡看御魂大人平常的狀況，方便嗎？」

「白妙……啊啊，那位女官啊。」

「沒錯，雖然我們每天都會轉達御魂大人平安無事，但她似乎還是很擔心的樣子。」

這讓秀尚很苦惱。

想到宇宇見到白妙那天晚上的討厭態度，感覺沒辦法直接應允。

但他也很能理解白妙的擔憂。

「……我想只要多注意不要讓宇宇討厭應該沒有問題……只不過，因為不知道宇宇到底在討厭什麼……如果狀況不允許，可能會立刻請她離開，如果她可以接受的話。」

時雨輕輕舉手回應秀尚：

「我也和白妙閣下同行吧。」

「時雨先生？」

「我和御魂大人的距離相對比較近，只要我在中間當潤滑劑，狀況應該會好一點吧。」

實際上在居酒屋開始前到店裡陪宇宇玩、哄她睡覺的時雨，在宇宇心中已經列入「可以安心的對象」名單中了。

「公司那邊，如果是下午之後請半天假，早上提出申請就可以了。」

「什麼，明天就要來？」

時雨說著：「心動不如馬上行動啊，沒問題，別擔心啦，我們會以普通的顧客身分來，吃完飯就走啦。」說完還朝不知所措的秀尚拋了個漂亮的媚眼。

秀尚想著能有模有樣做出這舉止，還真有時雨的風格，也不小心想著「如果他是美女，我可能會因此心動耶」。

＊

隔天，在午餐時段生意興隆得恰到好處的加之屋裡，宇宇一如往常以招牌女郎的身分喊著「歡宜關臨」迎接客人。

在餐點全部出餐，秀尚走出廚房時，又有新的顧客上門，

「歡宜關……」

一如往常開口招呼顧客的宇宇，話音語尾突然消失，整個人僵住後急忙躲到秀尚身後。這是因為上門的是時雨以及白妙。

時雨和帶淺蔥、萌黃出門時相同乾爽整潔的休閒打扮，但白妙一身一板一眼的套裝打扮，頭髮也一絲不亂，看起來給人律師的印象。

只不過合身的套裝更加凸顯出她的巨乳，加上是一位美人，而且身邊的時雨也是美男子，因此店裡所有的視線都聚焦在他們身上。

在這之中，時雨揮動手指對著藏在秀尚身後全身僵硬的宇宇打招呼：

「宇宇，今天小妙是來當顧客的，所以不用擔心喔～～」

接著催促白妙在空位上坐下。

「歡迎光臨。」

秀尚端著準備好的水和濕毛巾走到兩人身邊，時雨立刻點餐：

「我要B套餐，飲料要熱咖啡，可以麻煩餐後上嗎？」
「我明白了，這位小姐決定了嗎？」
秀尚轉頭問白妙，但白妙似乎相當在意宇宇的狀況，心不在焉。
「小妙點A套餐吧，如果量太多吃不完我幫妳吃掉，飲料喝烏龍茶可以嗎？」
時雨代替白妙迅速點餐，白妙點點頭。
「那請讓我確認一下，A、B套餐各一份。飲料是熱咖啡和烏龍茶，烏龍茶也在餐後上可以嗎？」
「啊，好，麻煩你了。」
確認白妙的回答後，秀尚回廚房去。
接著做完兩人的餐點端出來時，宇宇大概因為白妙沒找她說話而不在意了吧，一如往常地對著其他顧客撒嬌。
「妳今天的衣服也好可愛喔。」
曾經見過宇宇的顧客如此說。
「這是神神拿來給我的，有好多桃紅色的喔。」
「這樣啊，真是太好了呢，很適合妳喔。」
被誇獎後，宇宇開心地笑了。
結完帳的八木原問宇宇：「妳今天午餐要吃什麼？」問完後露出「啊……」的

表情，但宇宇立刻滿臉笑容回答：「歐姆蛋！」

「說得也是，問這個問題的我是笨蛋……」

「歐姆蛋，不行嗎？」

昨天也被禁止吃歐姆蛋的宇宇語調失落地問。

「歐姆蛋做小的好不好？」

「不要，要大的～～」

「如果做小的，我就做法式布丁給妳當點心。」

聽到沒聽過名字的點心，宇宇歪著頭，時雨開口說：

「哎呀，宇宇，太好了呢，法式布丁很好吃喔。」

似乎是常陪她的時雨說好吃讓她心動了吧。

「那做小的，然後我要吃法式布丁。」

「好，我明白了。」

八木原說完後，朝時雨輕輕點頭，接著對觀察店裡狀況的秀尚說：

「我去替宇宇做午餐。」

秀尚回答「麻煩你了」之後，還偷偷拜託「蔬菜放多一點」。

八木原對此豎起大拇指後走進廚房。

時雨和白妙在沒發生任何問題的情況下離開了，正確來說是那之後又有顧客上門，兩人就在秀尚手忙腳亂之時離開。

接著到了傍晚，神原在即將關店時前來。

「難得見你連續兩天來耶，今天也休假嗎？」

「不，我今天是早班，中午過後去我姐那裡拿了一些外甥女穿不下的衣服來。」

神原說著，拿高手上比上次小一點的紙袋。

「又有衣服可以借給我們嗎？」

上次借的已經非常足夠了，雖然很開心有更多衣服可以借，但總覺得過意不去。

「因為上次是突然拜託，所以她沒把收在其他地方的衣服拿出來。她說『上次那些雖然可愛，但都是沒有品牌的，這次的是比較好的衣服』。」

正如神原所說，袋子裡的是知名童裝品牌的服飾。

「哇……小小一件卻這麼精緻啊。」

八木原拿起表面有許多刺繡，袖口還有荷葉邊裝飾的針織衫佩服地說著。

「精緻程度應該會反映在價格上吧……」

秀尚這句低喃讓神原苦笑：

「哎呀，我姐說『可愛無價』啦，不是每天都請你拍宇宇的照片傳給我嗎？我

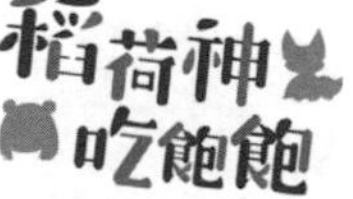

姐看到之後又燃起『可愛無價』，然後說要拿出珍藏的衣服！」

因為神原的姐姐希望可以看見宇宇穿上那些衣服的樣子，所以秀尚每天替宇宇換好衣服後，都會拍照傳給神原。

接著神原再轉傳給他姐姐，看來他姐姐似乎相當開心。

神原招手叫來宇宇，讓她套上剛剛那件針織衫。

「宇宇，要不要套套看？」

「喔喔～～宇宇好適合妳喔，好可愛、好可愛。」

宇宇被誇獎後開心笑著轉圈圈。

神原當然立刻拍成影片傳給他姐姐。

「得要小心別弄髒才行啊……」

為了避免吃飯時弄髒借來的衣服，秀尚會拿毛巾圍成圍兜兜擋著，這次的衣服價格更高，所以也更讓他緊張。

「她要出借時應該也作好心理準備了，反正放在家裡暫時也沒出場機會。」

秀尚對神原這段話沒特別在意，八木原卻開口問：

「『暫時沒有』，所以表示將來可能會有出場機會囉？」

神原才順便說：

「雖然還不知道是男是女，但我在法國的姐姐說她懷孕了，如果是女生應該會

全部送去給她吧。」

「喔，是這樣啊，恭喜你。」

秀尚說完後，神原苦笑：

「我覺得一點也不值得恭喜耶……只是僅限過年搶劫我的人數增加了。」

「僅限過年搶劫是怎樣啦……」

神原笑著對說出這段話的八木原說：「等你有了外甥女、姪子之類的人就知道。」

順著這個話題，秀尚問神原：

「神原前輩自己沒有考慮過結婚之類的嗎？」

「目前完全沒有，放假時把玩木工工具比較開心。別說我，那你怎樣？」

神原反過來問，秀尚搖搖頭。

「光店裡的事情就讓我忙不完了。」

而且孩子們會在公休日來，所以秀尚基本上沒有假期。

雖然這樣說，但秀尚從孩子們身上得到慰藉，所以也不覺得累。

神原、秀尚說完後，兩人的視線當然看向八木原，八木原用簡短一句「我什麼也沒有」回應兩人的視線。

但正在看其他衣服的宇宇突然說了一句像預言的話：

「咩咩啊，會在很遠很遠的地方，和一個藍眼睛的女人結婚喔～～」

這句話讓秀尚和神原嚇一跳，

「嘴上說沒有，應該有什麼吧？」

「小孩的直覺很敏銳喔，你的女朋友該不會是外國人吧？」

兩人如此一問，八木原有點生氣地回：

「是日本人，而且我們上上個月分手了，所以我這次休假閒到沒事做啦。」

「啊……所以才來這裡幫忙啊。」

神原帶著「我能體諒」的語氣說。

——神原前輩還是一樣，毫無惡意地追加攻擊。

秀尚邊這樣想，邊開始力勸八木原：

「但是，很遠的地方應該是指國外吧，那麼也能理解是藍眼睛的人，去國外吧！」

「……那來去邁阿密海濱吧……」

對此，八木原莫名具體說出地名，不過因為他先前說過自己有留學經驗，秀尚還以為是去邁阿密，但神原立刻吐槽：

「你說的邁阿密海濱是滋賀的那個吧？」

「什麼？滋賀？」

秀尚搞不清楚狀況跟著複誦，神原點點頭。

「琵琶湖那邊有個叫邁阿密海濱的地方。」

「那邊還有露營場，挺有趣的喔。」

八木原加上這句話，神原大概也去過吧，跟著點點頭。

「就算有趣也是在附近啊，不可以啦，你要去國外找藍眼睛的女人才行！」

秀尚努力說服，安靜一會兒後，八木原才語氣平靜地說：

「其實，有人找我到國外工作。」

「什麼，真的嗎？」

八木原點點頭：

「廚師學校時代的前輩想要到土耳其開日本料理店，他問我要不要和他一起去。」

「你打算要去嗎？」

「我還不知道，前一陣子才和我提。嗯，如果要聽宇宇的預言，或許答應他比較好吧。」

八木原不太正經地回應，但想到他在飯店的立場有點尷尬，可以感覺他的確在考慮。

「感覺土耳其有很多異國風情的美女耶。」神原用聽起來相當無關緊要的口氣說道。

「從以前就是交通要道，絲路之類的？那邊人來人往頻繁，所以也給人很多國際婚姻的印象。」八木原也點點頭。

「這不是很棒嗎，美女很多的國家！而且八木原前輩也會說英文啊！」

秀尚說完後，八木原說出最根本的問題：

「我是因為工作個沒完被分手的耶，和前輩兩個人只會更忙吧。就算再多美女也沒有時間，而且土耳其不是英語國家啊。」

神原聽到後，擅自宣布：「那麼，此案駁回。」這句話莫名戳中大家笑點，話題就這樣結束了。

當晚，秀尚拜託提早來的時雨哄宇宇睡覺，接著做居酒屋開店準備。

八點半過後，稻荷們一如往常來到店裡，白妙今晚也來了。

和白天時不同，她一身緋袴女官打扮，秀尚想著，雖然套裝也很適合她，但還是這身打扮最合適。邊準備要端上桌的料理，他邊對吧檯那頭的白妙打招呼：

「白妙小姐歡迎光臨，雖然是這樣的小店，還請妳進來這邊吧。」

但白妙回應：

「不，我今晚是來回禮的。」

「咦，回禮？」

「是的，謝謝你中午讓我來這裡……看見御魂大人健康平安真是太好了。」白妙用著放心又帶著一點悲傷的表情回答。

「我沒做什麼讓妳道謝的事，而且你們也有付錢啊。」

「不，如果沒有許可我們也不能打擾……如果可能，我想要再來看看御魂大人的狀況。」

就在白妙詢問時，時雨正好從二樓下來。

「哎呀，白妙閣下妳來了啊？」

「是的，剛剛才到，來致謝的……」

「這樣啊，到裡面一起喝酒吧。」

時雨用一貫的態度邀約，但白妙搖搖頭：

「不……我還有工作，非常高興你開口邀約。」

「什麼嘛～～啊，御魂大人很好喔，剛剛才睡著。」

時雨心想白妙應該很在意，便向她報告，秀尚也順著這個話題回答剛剛的詢問：

「我傍晚時有稍微和宇宇提到妳來的事情，她說了：『妙妙，飯好吃嗎？』似乎很在意妳有沒有覺得午餐好吃，除此之外沒有多說什麼。如果像今天一樣不找她說話只是看著她，要再來應該沒有問題。」

秀尚的回答讓白妙鬆了一口氣，「這是今天的回禮，還盼你收下。」說著把手

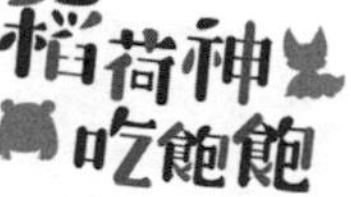

上用布包包起來的包裹放在吧檯上，解開包裝。

從外表就可以推測是一升瓶，但裡面出現的是秀尚也沒見過的品牌的酒。

當然啦，秀尚不認識的品牌比認識的品牌還多，但時雨用著幾乎要昏倒的語調說：

「我的天啊！這不是本宮的酒嗎？」

聽見他驚呼，已經在工作檯旁喝起酒的稻荷們一起看向放在吧檯上的酒，「喔喔」地群起騷動。

從他們的反應，可以知道這是什麼很不得了的酒。

「真的可以嗎？感覺好像是很珍貴的酒。」

秀尚一問，白妙點頭，只留下一句：「那麼，我差不多該告辭了。打擾你了。」

接著使用法術瞬間消失身影。

「回去了……收下這個真的可以嗎？」

時雨回應：

「可以啦、可以啦！小秀每天都很努力照顧御魂大人啊！嗳，可以開來喝嗎？」

接著還眼睛閃閃發亮地問道。

「你那樣眼神閃閃發亮地問，我也不能說不行啊。大家請一起喝吧。」

「你也得一起喝才行，因為這是給你的謝禮啊。我們只是分一杯羹。」

時雨邊說邊拿起一升瓶走進吧檯內，高聲宣示：「來喝酒吧！」後，大家一起

開喝。

「哇，好好喝喔……」

白妙拿來的酒，風味相當濃郁卻無比順口，好喝到不管多少都能下肚。

「是不是？這可是在本宮有重大喜事時才會拿出來的酒呢。」

陽炎說道，時雨也一邊說：「全都是沾小秀的福啊。」一邊喝。

就這樣進入了一如往常的居酒屋時段，時雨深有感觸地說：

「也能懂白妙閣下有各種辛苦的事情啊。」其他稻荷也點點頭。

「白妙小姐應該是貼身照顧宇宇的人吧？」

從宇宇的反應來看，可以看出白妙是常在她身邊，或是非常親近的存在，但秀尚也不知詳情，所以搞不太清楚。

「對，御魂大人換成新一代御魂大人，也就是宇宇的時候，女官長也跟著替換。雖然沒有規定御魂大人換代時女官長也要跟著換，但就只是剛好而已。然後被提拔上來的就是白妙閣下，用人類世界來比喻，就是跳過部長職位直接升上董事的超級出人頭地。」

「啊～～那感覺會被旁邊的人嫉妒之類的……」

時雨豎起手指左右擺動否定秀尚這句話。

「很遺憾，應該說是很幸運，沒發生這種事。白妙閣下能力高強到大家都對她另眼相看，所以根本不會嫉妒，而且上一代御魂大人也非常信賴她，公布時大家都不意外的感覺。只不過，我剛剛也說了，白妙閣下原本女官的地位並不高，所以是超越其他女官的感覺，她自己應該感到壓力很大吧。」

「如果原本是上司的人突然變成下屬，我也會變得畏縮耶……」

在人界工作的濱旭一副「我懂、我懂」的樣子說著。

「是不是？然後御魂大人又接著失蹤……我覺得她的心靈應該相當耗損吧……」

時雨說完後嘆了一口氣，陽炎佩服地說：

「她對時雨說了這麼多啊？」

只不過時雨搖搖頭：

「她才不會說呢，她不是那種會說洩氣話的人。但我能懂啦，公司也發生過類似事情，常有人找我商量。」

「時雨的煩惱諮商室啊。」陽炎說完後笑了。

「我可是很受依賴的耶。全託我這個語調的福，大家都很願意開口對我說出煩惱。」

陽炎表情認真地對著故意裝自豪的時雨說：

「也讓我商量一件事情吧。」

「幹嘛突然這麼慎重。」

「其實啊，我剛剛在冰箱裡找到應該是明天午餐要用的菲力牛，你覺得要怎麼講才能讓秀尚拿出來啊？」

嘴上說商量，其實根本是央求。

「我不會拿出來。」

秀尚立刻拒絕，陽炎則抱怨著：「你起碼也思考一下，給我一點期待嘛。」但秀尚堅決拒絕，「不會拿出來就是不會拿出來。」

陽炎對此說著「今天要喝悶酒了」，於是拿起白妙拿來的一升瓶替自己斟了一杯酒。

「不是悶酒你也喝啊，而且如果要喝悶酒，就別浪費這麼好的酒，去喝燒酎啦。」時雨邊吐槽，邊朝特地拿來給自己專用的天滿切子玻璃杯中倒酒，結果那瓶酒幾乎全被稻荷們喝掉了。

＊

雖然白妙說她想要再來看看宇宇的狀況，但那之後一次也沒來，就又到了加之屋的公休日。

公休日就是孩子們會來玩的日子，宇宇暌違一週，而且還是連續兩天和孩子們

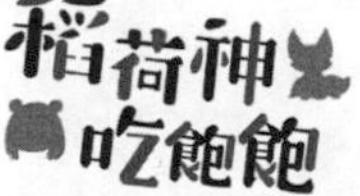

開心玩耍。

雖然宇宇一個人也玩得很開心，但和年紀相仿的孩子們一起玩的欣喜還是不同。盡情玩耍，一起吃飯，和孩子們道別後到房東夫妻家洗澡，房東夫妻送宇宇一對蒙森和人氣角色希克隆的迷你包包組，而且裡面還裝滿糖果，今晚是宇宇這陣子心情最好的時候。

「♪蒙森、蒙森，出發囉，我們的魔法少年蒙森～～」

因為音階和發音不標準，聽起來像是初學者唸咒語，宇宇開心地唱著片尾曲，把兩個包包當成人偶一樣玩耍。

「宇宇，到被被裡面玩好不好？」

差不多該睡覺了，秀尚催促宇宇到被窩裡，宇宇緊緊抱著小包包走過來。

「爺爺、奶奶送妳禮物，真是太好了。」

宇宇都躺下來了，還拿著包包玩。

「嗯！最喜翻爺爺、奶奶。」

「他們對妳很好嘛，把裡面的糖糖吃光後，可以裝棉花變成玩偶喔，那麼妳回家之後也可以和玩偶玩。」

看她心情這麼好，或許可以稍微提一下吧。秀尚避開「本宮」這個詞，試著稍微說到回去之後的事情。

「回家……」

宇宇雖然思考了一下，似乎沒有不開心。

「嗯，回家。宇宇不想要回家嗎？」

秀尚一鼓作氣問出口，過了一會兒，宇宇才輕輕點頭。

「為什麼不想？有人對妳壞壞嗎？還是白妙小姐會罵妳？」

秀尚舉出具體例子問，宇宇又過了一會兒才開口：

「宇宇不喜翻冷掉的飯飯，不喜翻一個人……也不喜翻妙妙很忙，好多不喜翻。」

宇宇用著孩子的話一個一個說。

「這樣啊，妳比較喜歡熱熱的飯飯啊？熱熱的飯比較好吃嘛。」

判斷很難繼續問下去後，秀尚稍微換了話題。

「喜翻。咩咩的歐姆蛋、神神的點心，加之葛格的天婦羅、蝦蝦、焗菜、袋子的飯飯還有……」

宇宇開始列舉至今吃過的食物中喜歡的東西。

「袋子的飯飯？」

「和大家一起吃的，袋子的飯飯。」

從「和大家一起吃」這個關鍵字回想起孩子們來加之屋時吃的東西，發現應該是在講稻荷壽司。

「啊啊，是稻荷壽司啊。宇宇也喜歡稻荷壽司嗎？」

「喜翻，還想要吃。」

「好，我再做給妳吃。」

「還有法式布丁和咖哩烏龍麵……」

宇宇繼續列舉喜歡的食物，接著慢慢變得有一句沒一句，最後睡著了。

雖然比平常還早，但她白天玩成那樣，應該是累了吧。

「宇宇，晚安。」

秀尚對著幸福的睡臉呢喃後，下樓進廚房。

今天居酒屋也是座無虛席，在常客稻荷們到齊後，秀尚開口：

「今天啊，宇宇對我說了她不想要回去本宮的理由。」

「祂說了什麼？」

陽炎把身體湊上前去追問。

「具體有三個，第一個是她不喜歡冷飯。」

「啊啊，御魂大人的餐點要先讓試毒者吃過，過了三十分鐘也沒變化才能送出

去。」

「比起冷飯，當然是熱飯比較好啊。雖然說冷飯對減肥比較好啦。」

陽炎說明後，時雨也點頭附和。

「其他呢？」

「其他還有她不喜歡一個人，然後討厭白妙小姐很忙，其他全歸在『好多不喜歡』裡面。」

秀尚說的「不想回去的理由」讓稻荷們嘆氣。

「說得也是啊……御魂大人的年紀比萌芽之館裡的小不點們還小啊。」陽炎感慨甚深地說道。

「宇宇是住在本宮……正確來說是住在宮殿裡頭吧？她在那邊是自己一個人嗎？」

陽炎等稻荷的長官是白狐，但他說宇宇是差遣他們的人。也就是說，宇宇的地位最高吧？

秀尚以為是所謂「王者的孤獨」而開口問。

「雖然不是一個人，但要說是一個人也算一個人。御魂大人在繼位之前，和其他類似分靈候補的同齡孩子一起生活。」

「嗯？分靈？」

不熟悉的詞彙讓秀尚歪頭。

根據陽炎說明，宇宇並非上一代的「女兒」，而是上一代做出來的分身。

「這些候補中，御魂大人年紀最小資質卻最高，所以才被選為新一代的御魂大人，接著從原本生活的地方搬到宮殿居住。雖然有足夠人數的女官照顧她的生活起居，但沒有年紀相近的小孩，這層意義上來說就是一個人。」

「啊～～在一群大人中孤單一人的感覺啊。」

「白妙殿下從御魂大人被選上前就在旁侍奉祂，也就是像母親一般的人。但她也被提拔為女官長，很難隨時待在御魂大人身邊。當然，其他女官也是無微不至地照顧祂的起居……」

「白妙閣下對御魂大人來說很特別吧。和朋友們分離，白妙閣下也沒辦法和先前一樣隨時陪伴祂……應該也有很多孩子氣的行為被禁止，再加上每天還得以宇迦之御魂神身分執行儀式……應該累積了不少壓力吧。」

陽炎說完，時雨也接著推敲宇宇的心境。

「原來是這樣啊……聽到這些之後，感覺強硬說服她回去也很可憐耶……」

秀尚當然覺得回去本來該待的地方最好。

但是一想到宇宇痛苦到離家出走，就不知道這對她到底是好還是壞。

「花時間慢慢說服祂接受就好了，但也沒辦法這麼悠哉。」

陽炎開口說出令人不安的話。

「發生什麼問題了嗎？」

秀尚一問，陽炎點點頭：

「目前就算御魂大人不在，本宮也還正常運作，但這全是憑藉著御魂大人殘留下來的力量。如果御魂大人長時間不在，這股力量也會枯竭，本宮可能難以存續。」

「就算白狐大人很努力也沒辦法嗎？」

秀尚記得白狐也是身分地位崇高的人——或者該說是狐狸。薄緋也曾提過他已經對白狐報告這次的事情，所以他應該是第二把交椅之類的人物吧？雖然秀尚也不太清楚神明世界如何運作就是了。

「嗯～～御魂大人和白狐大人負責的工作不同……舉例來說，你可以想成御魂大人轉動的車輪和白狐大人轉動的車輪同時存在才能讓本宮運作，這樣應該容易理解吧。就算白狐大人再努力，也沒辦法轉動御魂大人負責的車輪，這樣遲早會嚴重脫軌，甚至對人界造成影響……白妙閣下也為了這件事奔走的感覺。」

時雨說明後，秀尚感覺大概理解本宮的運作機制了。

同時也知道白妙說要來卻沒來的理由。

「那麼，還是得要勸宇宇回去啊……」

「嗯，當然希望祂可以盡早回來……但考慮到御魂大人的心情，也沒辦法強迫啊。」

其他稻荷也對陽炎這句話點點頭。

「但如果發生問題，宇宇自己也會出現不好的狀況吧？那麼果然還是要好好說服她才行……」

長期遠離該待的場所，不僅會有本宮的存續問題，應該也對宇宇有不好的影響吧。

雖然很煩惱，但秀尚決定要好好和她聊一次。

# 八

雖然不是時雨口中的「心動不如馬上行動」，但隔天早上，秀尚做了滿桌宇宇喜歡的早餐——稻荷壽司、迷你海鮮焗菜、可以吃到滿滿蔬菜的義大利雜菜湯，甜點是櫻桃克拉芙緹。

看見早餐是滿桌她都喜歡的食物，宇宇當然非常開心。

連甜點也全部吃光光，看見她滿臉滿足的笑容時，秀尚毅然決然說出主題：

「宇宇，妳差不多也該回家了吧？」

「……」

突然聽見這句話讓宇宇皺緊眉頭，要是在此刻退縮只會毫無進展，所以秀尚繼續說：

「妳應該知道，妳離開會讓本宮發生很嚴重的事情吧？也知道白妙小姐很擔心妳。」

「……不要。」

宇宇小聲地拒絕。

「嗯，妳不喜歡本宮的飯是冷的，也不喜歡自己一個人。」

秀尚是抱著「我能夠理解喔」的語氣說道，但是宇宇突然開始鬧脾氣：

「……不要！宇宇不要！」

「宇宇，妳冷靜一點！」

秀尚想著「糟了」，正打算拍她的肩安撫她時，宇宇邊大叫：「不要回去！宇宇不要！」一邊站起身。

下一個瞬間，宇宇掙脫秀尚抓住她肩膀的手，跳下榻榻米，光著腳跑出門。

「宇宇，妳等等！」

秀尚雖然追上去，但宇宇已經從開著通風的大門跑出去了。秀尚沒幾秒也跑出了門外，但已經四處不見宇宇的蹤影。

「宇宇！回來啊！宇宇！」

喊她也沒回應，秀尚背脊爬過一陣涼意。

——明明最該注意別讓她從這裡離家出走的啊……

如果就這樣下落不明。

一想到這，秀尚的胃一陣揪痛。

「……現在不是煩惱的時候，得趕快找到她……」

但只靠自己的力量也有極限。

秀尚回到店裡，從廚房抽屜深處拿出稻荷為了以防萬一交給他的符紙，緊急找來常客稻荷們。

在人界工作的稻荷在工作中沒法抽身，但在本宮工作的稻荷把工作交給其他稻荷後，立刻聚集而來。

「到底怎麼了？」

陽炎問。這是秀尚第一次緊急找大家，就算不考慮宇宇現在人在加之屋，也能明白事情非同小可。

「對不起，我說服宇宇失敗，結果讓她跑出去了……我馬上追上去，但哪裡都找不到她……」

秀尚道歉，陽炎拍拍他的肩：

「別自責，御魂大人的事情我們只能交給你，要是沒有你，我們到現在都還找不到祂人在哪裡。」

「陽炎先生……」

「而且御魂大人雖然憑著一股氣就跑出去，但祂肯定也知道除了這裡無處可去，所以一定會回來這裡。但在我們找到祂之前，要是先被奇怪的傢伙帶走就不妙了。」

陽炎對秀尚說責任不在他之後，轉頭看向一同前來的稻荷們：

「總之我們先在周邊找找吧。」

其他稻荷點點頭，正當陽炎等人準備走出店裡時，秀尚開口：「我也去！」但陽炎搖搖頭：

「我說了吧？御魂大人肯定會回來這裡。如果回來發現空無一人，祂會很寂寞啊。如果御魂大人回來了，請別對祂生氣，做些好吃的東西給祂吧。」

「……我知道了。」

「那我們出發了。」

陽炎說完後便和其他稻荷走出店裡。

雖然秀尚留在店裡，但現在這種狀況當然無法開店。

秀尚拿出手機傳訊息給八木原：

「宇宇走丟了，我今天要關店去找她，所以你今天請休息吧。」

接著在店的部落格和推特貼上臨時休息的公告後，也在店招牌與大門貼上「今日休息」的字條。

——宇宇，對不起……

秀尚坐在榻榻米上等著大家時，在心中道歉。

剛開始光提及「本宮」都讓她那樣討厭，只不過問出一點理由就得意忘形了。

天真地以為自己或許能說服她。

——宇宇要吃飯——

宇宇滿臉笑容說這句話的表情浮現腦海。

雖然陽炎說她絕對會回來，但那應該是為了安慰秀尚的帶著期待的預測吧。

就在秀尚出現「如果宇宇沒有回來」這絕望的念頭時，店裡突然出現了什麼人的氣息。

「宇宇？」

還以為宇宇從後門回來了，但站在那裡的是薄緋。

「不好意思我來遲了，請能照顧孩子們的稻荷來花了一點時間……」

「薄緋先生，對不起……宇宇她……」

「我已經聽陽炎閣下說了。別擔心，御魂大人是很聰明的人物，祂很明白除了這裡之外祂無處可去。」

「但是……」

「我明白乾著急很痛苦……但擔心也無濟於事。」

大概是因為來到人界，秀尚冷靜一看才發現薄緋不是穿著平常穿的狩衣，而是襯衫搭西裝褲的普通人類打扮。

「薄緋先生也要去找人嗎？」

「不，我留在這裡和加之原閣下一起等。」

薄緋說完後，拉過椅子坐下來。

兩人不發一語過了三十分鐘左右，店裡傳來有人進門的聲音。

秀尚還以為是不知道臨時休息的顧客，但開門進來的是八木原。

「八木原前輩。」

「找到宇宇了嗎？」

八木原劈頭就問。

「不，還沒有。」

「那你還悠哉待在店裡，怎麼不出去找人啊？」

八木原質問秀尚，薄緋代替秀尚回答：

「來幫忙找人的朋友說『不可以讓宇宇回來時店裡空無一人』，朋友們現在出去找人。」

「……這樣啊。」

「對……但是八木原前輩，我應該有傳訊息請你今天休息啊……」

明明通知他了，難不成沒看見嗎？

但他知道宇宇失蹤，所以應該不是沒看見訊息。

「我已經出門在來這裡的路上，而且要找人當然是人手越多越好，我也去幫忙找。」

秀尚對說完話就打算走出店裡的八木原脫口而出：

「我也去！」

雖然在陽炎勸說下已經答應待在店裡等，但秀尚完全靜不下心。明明是自己的責任，他無法乖乖等著。那或許有著想藉由行動贖罪的想法，但總之他不想繼續等待了。

「你不在這裡等可以嗎？」

「現在有薄緋先生在……薄緋先生，我也去找。」

聽到秀尚這麼說，薄緋只是點點頭。

「八木原前輩，我們走吧。」

秀尚說著，和八木原一起出門。

出了加之屋後，只有往上前往神社，或是往下走到公車道上。

從公車道過來的八木原沒有見到宇宇。宇宇當然也可能在八木原來之前已經走出公車道，接著朝反方向沿著公車道前進。但就孩子的腳程來說，這應該不可能。加上如果搜索時間拉長，太陽下山後要在山裡找人會更困難，所以他們決定先朝往神社的路上找起。

「宇宇為什麼會失蹤？是自己跑出去的嗎？」

八木原邊朝參道前進邊問。

「不……我跟她提了回家的事情，她一生氣就赤腳跑出門了。」

關於宇宇的事情，秀尚至今沒對八木原也沒對神原說過。

因為兩人都沒問。

但再怎麼說，遇到這種狀況都會問了吧？就在秀尚拚命回想時雨創作的背景設定時，

「這樣啊，我明白了。」八木原只說出這句話。

——為什麼不問呢……

雖然這樣想，但八木原在快到參道時，開始喊宇宇：

「宇宇，妳在哪啊？」

秀尚也跟著喊：

「宇宇，一起回店裡吧。」

邊喊邊走了三十分鐘。

睜大眼睛，偶爾還會停下腳步觀察四周，所以他們並沒有走到正常行走會前進的距離。八木原大概出現了什麼疑問，突然停下腳步問：

「你說宇宇是赤腳跑出來？」

「對。」

「小孩子赤腳走在這種路上……正常來說會因為腳痛在哪裡休息吧？」

參道沒有鋪設整備過，雖然土壤已經被大家踩實，但有樹根、小石頭，赤腳走

在這上面肯定很痛苦。

「所以可能躲在這段路上的哪個地方囉？」

「可能性很大，她可能根本沒什麼前進……這樣一來可麻煩了，不能只沿著線找，得擴展到面才行。」

也就是說，不只得找道路，還得找整個山坡斜面。

「怎麼辦啊……」

就算這座山不大，但這面積找起來也讓人想昏倒啊。

八木原對著不知所措的秀尚說：

「只能拿餌來釣她了。」

接著拿宇宇最喜歡的歐姆蛋來吸引她出現：

「宇宇！我做歐姆蛋給妳吃喔～～做個超級大的歐姆蛋喔～～」

——什麼……這樣行得通嗎……？

雖然懷疑，但最近被禁止吃歐姆蛋的宇宇，或許躲著也會被超大歐姆蛋釣出來。

現在不管多小的可能性都得試試看。

「宇宇，咩咩說要做歐姆蛋給妳吃喔～～」

秀尚也說著相同內容，慢慢走回來時路。

接著往回走五分鐘左右，下坡斜面的樹叢傳來沙沙聲，往那邊看過去，只見宇宇皺著眉頭站在那邊。

「宇宇！」

「宇宇，要吃歐姆蛋……」

一臉泫然欲泣的表情大概是因為很害怕吧。

總之，秀尚和八木原走下斜坡，朝宇宇身邊而去。

「宇宇，太好了，終於找到妳了。」

「我們回去吃歐姆蛋吧。」

八木原說著拉起宇宇的手，突然露出驚訝的表情。

「怎麼了嗎？」

「她是不是發燒了啊？」

說完後，手貼上宇宇的額頭。

「糟了，她發燒了。宇宇，我們回去吧。」

八木原打算抱起宇宇，但宇宇不願地拍開他的手反抗，八木原說：

「如果妳不想要，我們就不要回家，但是總之先回店裡吧。」

「店裡……」

「對，我們回去，回店裡做歐姆蛋給妳，妳想吃對不對？」

聽到這段話，宇宇乖乖點頭。

「好孩子，那我們回店裡吧……」

八木原說著抱起宇宇，爬上斜坡，秀尚也跟在他後面。

「我想應該是小孩子常見的突然發燒，只要替祂冷卻、讓祂睡一覺，醒來時應該就退燒了。」

把宇宇帶回店裡後，由薄緋接手照顧。

「這樣啊，太好了。」

在店裡等待薄緋下樓的秀尚鬆了一口氣，八木原也是一樣。

「如果還是沒退燒請再叫我來，我會來出診……」

在八木原面前，薄緋將自己設定成醫生了。

「非常謝謝你。」

秀尚也配合設定向他道謝。薄緋中途請秀尚拿溫水和毛巾上樓，他將裝溫水的臉盆與毛巾歸位後就離開了。

「那人是醫生啊？」

「啊——對。」

因為不知該怎麼接話，所以總之就只能這樣回答。

薄緋似乎已經聯絡其他稻荷找到宇宇了，剛剛拿毛巾上樓時，薄緋告訴他大家都回本宮了。

秀尚為了不讓八木原起疑，還做樣子打電話告訴大家人已經找到了。

「我們上二樓吧，我有點擔心宇宇。」

秀尚開口後，和八木原一起上二樓。

一進房間，只見換上睡衣的宇宇在被窩裡睡覺。

雖然臉還有點紅，但睡得很沉。

兩人看著她的睡臉一會兒後，八木原開口問：

「雖然什麼也辦不到，但我想至少知道狀況……宇宇為什麼會被寄放在這裡？」

八木原似乎先前就很在意，但沒有開口多問。

「其實宇宇父親是我念專門學校時的同學……」

秀尚開口，開始說出剛剛回想起來的設定。

——說出口了還是覺得很可疑耶……真的沒問題嗎？

秀尚說完後擔心地看著八木原，沒想到八木原表情認真得讓他驚訝。

——該不會下一句吐槽我「怎麼可能啊」……

秀尚不小心冒出這種想法，但八木原輕聲說著：

「這樣啊……她還這麼小就遇到這麼多煩心的事啊。」

——什麼？相信了？真的假的？

秀尚雖然驚訝也靜靜點頭。

「前一陣子，有個超美型的男人和套裝美人上門對吧。那是和宇宇有關係的人？」

「對，是律師和很遠親的分家的人。」

秀尚立刻知道那是指時雨和白妙。

但秀尚沒詳說哪個是哪個。

「剛剛的醫生也是嗎？」

「我不知道他和宇宇是什麼關係，但他在遇到緊急要事時的聯絡名單上……」

「……是相當貴家的繼承人啊。」

「貴家？」

八木原的話中出現有點不太懂的詞，所以秀尚反問。

「富貴人家……就是家世很好的望族的意思。」

「啊啊……對，雖然我不知道朋友妻子是那種家庭的小孩……」

「那種家庭有很多不明就裡的老規矩，或是很麻煩的親戚關係吧。」

「……但大家都很重視宇宇啦。」

八木原淡淡回應：

「不管多麼受重視，都和對親人撒嬌是不同一回事。」

這句話讓秀尚恍然大悟。

就算白妙忙碌，但如果身邊肯定有女官照顧，那只要解決吃飯問題後，讓宇宇回去比較好。

但問題大概不在這裡。

對吃飯問題確實有不滿，但那應該是後來才出現的吧。

宇宇最討厭的，肯定是白妙不在身邊。

肯定是自小就在身邊代替母職照顧她的白妙不在身邊，也沒有同齡朋友可以排解心情，所以寂寞得受不了了吧。

「說得也是……她還這麼小啊。」

「但是爸爸和媽媽都過世了，那也無能為力，還真是個困難問題啊。」

看見八木原一臉沉重，秀尚只能重複回應：「說得是啊。」

大約兩小時後，宇宇醒來了。

醒來時已經退燒，若無其事的樣子，彷彿看見八木原的臉才想到，小聲說：

「歐姆蛋……超大的……」

這句話讓秀尚和八木原苦笑，但因為兩人也還沒吃午餐，八木原說：

「那我們下樓吃飯吧。」

秀尚也接著說：「是啊，準備好的午餐材料剩下非常多，可以吃到飽喔。」說完站起身。

「宇宇要吃歐姆蛋……超級大的歐姆蛋。」

宇宇邊重複自己的意見避免大人忘記，邊朝秀尚伸出雙手，這是等人抱抱的姿勢。

「好啦好啦。」

秀尚抱起宇宇，和八木原一起下樓。

已經準備好的食材中，沒有辦法等到明天才用的，只有今天A套餐要用的，已經沾好麵衣等下鍋油炸的豬排。

「八木原前輩，你能吃幾塊？」

「兩塊。」

「說得也是，我也一樣。現在兩塊……晚上再兩塊……」

「喔，很拚喔。還剩下四塊怎麼辦？」

「遇到困難就要找神原前輩……是吧。」

拿出手機寫下「如果我炸好豬排，你能吃幾塊？我最多能準備四塊。」傳送後立刻得到回訊：「如果可以讓我拿去我姐那裡，那就全部。」

「喔喔，奇蹟啊，全部都解決掉了。」

「但是你全虧就是了。」

八木原冷靜地淡淡回應，秀尚苦笑回答：「請別讓我面對殘酷的現實，我可是裝作沒有看見耶。」開始準備炸豬排。

八木原在他身邊準備答應做給宇宇的歐姆蛋。

「用三個蛋做吧……」

「因為答應她要做超級大的啊……如果她吃不完，我會幫她吃完。」

「吃了兩塊炸豬排之後嗎？」

「我的消化系統，加油啊！」

邊閒聊著無關緊要的話題，兩人分別著手做菜。

秀尚邊做菜邊想「之前根本無法想像能和八木原成為閒聊這種話題的關係啊」，心裡感慨萬千。

當天晚上居酒屋沒有營業。

似乎是所有稻荷都接到宇宇發燒的消息，所以陽炎傳來一張紙條寫著：「今晚克制。請你待在御魂大人身邊，千萬拜託了。」

今天也沒有去洗澡，只拿毛巾沾溫水替宇宇擦拭身體而已。

「♪蒙森、蒙森，出發囉，我們的～～」

宇宇把房東夫妻送她的糖果小包包放在腿上，跟著DVD一起唱片尾曲，正常到完全感覺不出來早上發生那場大騷動。

傍晚神原來拿炸豬排時也說：「年紀還小時會突然發燒，你肯定嚇一大跳吧？」他還帶了冰淇淋要來給宇宇。

秀尚沒對神原說宇宇離家出走的事情。

要是說了，就得像對八木原一樣對神原說謊，秀尚心中相當抗拒。

所以只說了因為宇宇突然發燒，所以今天休息。

神原一如往常，沒有多加詳問。

正如八木原在意卻也一直沒開口問宇宇的背景一樣，神原大概也相同吧。一想到這點就讓秀尚過意不去，但他現在決定依賴神原的貼心。

「宇宇，差不多該睡覺囉。」

到了平常的睡覺時間，秀尚說著，宇宇乖乖鑽進被窩裡。

「要聽什麼繪本？」

「不來梅城市手。」

「是不來梅的城市樂手，那我唸囉。」

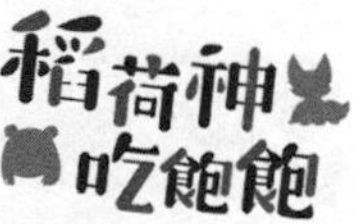

從置物櫃中整排的繪本裡抽出指定的繪本，秀尚開始唸繪本。

他邊唸邊想，以前白妙或許也是這樣哄宇宇睡覺吧。

＊

隔天晚上，居酒屋正常營業。

聚集而來的稻荷們得知宇宇已經完全恢復精神後，一起放下心中大石。

「但是……光提起回去的事情就讓祂逃跑，想要祂回來還相當困難吧……」陽炎煩惱地說道。

「是啊……雖然這樣說，但也不能就這樣下去啊，讓祂暫時回去個兩天再回來這邊，加減撐過這段時間如何？」時雨提出一個非不得已的提議。

「那應該也是可以啦……但昨天騷動後，我和八木原前輩聊過，他說被重視對待和可以向親人撒嬌是兩回事。我聽完之後就想，對宇宇來說，最痛苦的應該是原本和母親一樣一直待在身邊的白妙小姐，因為忙碌沒辦法陪在她身邊這件事吧……」

聽到這段話，所有稻荷一起看向秀尚。

「或許是那樣沒錯，但祂身邊還有其他女官在耶？大家都非常重視御魂大人。」陽炎如此說，秀尚也點點頭。

「這我懂，但是……該怎麼說呢，時雨先生也曾說過，對宇宇來說，白妙小姐是很特別的存在。代替白妙小姐照顧宇宇的女官，無庸置疑肯定非常重視且細心照顧她……但是她們應該不是把宇宇當成宇宇，而是當成『神明』服侍吧。」

「因為實際上就是神明，可不允許失禮的舉止啊。」

陽炎雖然雙手抱胸說著，但他似乎理解秀尚想表達什麼，露出「相當煩惱」的表情。

「啊，我親身體驗過，所以理解小秀說的感覺。」

時雨開口：

「我偶爾會幫忙哄御魂大人入睡，到目前為止根本沒有和御魂大人近距離接觸的機會，所以只覺得祂就是『御魂大人』，但是和祂接觸之後，就知道祂和普通同齡的孩子沒有任何差別。因為我不想讓祂過度感受本宮的事情，即使知道大不敬還是喊祂『宇宇』，但祂的表情比喊祂『御魂大人』時更加柔和。」

時雨說完後，稻荷們仍一片沉默。

對他們而言，「宇迦之御魂大人」是服侍的對象，而不是可以隨便寵溺的存在。

或許可說寵溺祂反而讓稻荷戒慎惶恐，讓他們覺得不自在吧。

「我可以理解對女官和你們來說，宇宇是需要敬重的存在。也知道這種狀態，將她視為那種存在本身是很重要的事情。但這對現在的宇宇來說還太早了一點吧，她

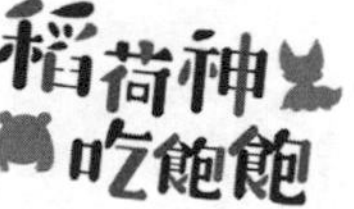

年紀小到還沒有辦法好好表達自己的心情啊……」

秀尚說完後，陽炎突然放開環在胸前的手。

「我們在這裡討論御魂大人身邊的事情也不會有結果，請白妙閣下來吧。」

「這麼說也是，直接對白妙閣下說最快。」

時雨也同意，便立刻找來白妙。

接著把秀尚推測的，因為白妙不像之前一樣隨時在身邊、女官對宇宇的態度可能很生疏或是劃出清楚界線而讓宇宇感到孤單等事情說給白妙聽。

白妙毫不客氣回應：

「我比誰都明白御魂大人尚且年幼之事，因此採取了必要的應對，為了讓御魂大人可以成為和上一任御魂大人同樣出色的神明。」

「對不起，我不是批評女官的做法，如果妳們能明白宇宇還小就好了……」

秀尚還沒說完，時雨就打斷他接著說：

「所以說，妳口中的『為了讓御魂大人成為出色神明的必要應對』，妳沒想過就是逼祂接受逼過頭，結果讓祂離家出走了嗎？」

「時雨閣下……就算是時雨閣下，你這話也太失禮了吧！」白妙豎起柳眉道。

在「一觸即發」的氣氛中，被時雨打斷的秀尚再次開口：

「我很明白女官們教導宇宇『正確的事情』，她很有規矩，拿筷子的姿勢也很漂

亮，認識宇宇的顧客們，每個人都說她是好孩子。我想，這是大家用心教導的成果。」

秀尚首先認同「白妙的想法並沒有錯誤」，認同後繼續說：

「但是，如果只是以『正確』為基礎教養她，我覺得會養出一個不知變通的人。宇宇雖然是神明，但她現在還是個想要盡情耍任性的小孩，只是滿嘴道理的教養應該有極限吧。雖然對她說明事物的道理也很重要，但我想，她的心有可能跟不上……如果為了正確而扼殺感情變成她的『正常標準』，感覺將來宇宇為了正確，會只看數字來判斷所有事情……但如果這是神明的正確言行，這樣也是可以啦。」

秀尚這段話讓白妙和稻荷們沉默。

秀尚不知道怎樣的狀態才是正確。

秀尚只是普通人，連神明原本該是怎樣的存在也搞不太清楚。

秀尚只是希望宇宇能夠常保笑容。

沉默當中，時雨先說：「我在人界生活的時間很長，所以才更這樣感覺吧。」之後才繼續：「人類比我們想像的還要複雜、亂來……如果想要貼近他們，感情面也得要好好培養才可以吧。該怎樣陪伴人類、引導人類……我們的行動全都取決於宇迦之御魂大人的想法啊。」

時雨這段話有不同於方才的冷靜，白妙或許也有所感觸吧。

「……我回去之後會和其他人商量。」

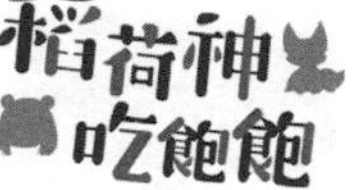

白妙說完，用眼神向秀尚稍微道謝後，和先前一樣瞬間消失身影。

「……有種攻擊白妙小姐的感覺，事後感受好差……」

老實說，有種把她找來責備她的感覺，讓秀尚心情沉重。但是陽炎說：

「不，你說的話很有道理，不管怎樣，我們都會把御魂大人當成必須服侍的存在。白妙閣下也是相同，希望御魂大人可以成長為優秀的神明，所以很容易只看到這一點。」

時雨也點點頭：

「我也是一樣。如果沒有哄祂睡的經驗，應該也只會那樣想。但是陪在祂身邊後……該怎麼說呢，母性本能之類的？就跑出這類東西來了。」

「不對，你是男的吧。」

陽炎冷靜吐槽後，濱旭低下頭：

「雖然我很想笑，但感覺笑了會被時雨閣下扁，有點恐怖。」

他抖動肩膀說道，這副模樣讓坐他旁邊的稻荷忍俊不住噴笑出聲，一瞬間吹散緊繃氣氛。在那之後，完全回到一如往常的居酒屋氣氛了。

隔天，八木原在日落時來到店裡。

八木原前一天對秀尚提到這天約了人見面，所以沒辦法來店裡。雖然宇宇已經恢復健康，但八木原似乎還是很在意，所以在快關店時來看狀況。

「看來已經完全不需要擔心了。」

「是啊，全託你的福。我現在要做晚餐，你要一起吃嗎？」

秀尚說出「晚餐」的瞬間，似乎按下宇宇的開關，「咩咩，歐姆蛋！宇宇要吃歐姆蛋！」她開始連聲喊歐姆蛋。

「妳昨天和前天都吃了耶……」八木原相當傻眼。

前天用三個蛋做的歐姆蛋，對宇宇來說太多了沒有吃完。

還以為她暫時不想吃歐姆蛋了吧，但她隔天也毫不猶豫地說要吃歐姆蛋，今天仍繼續點餐，簡直要對她的歐姆蛋愛感動了。

「加之原，可以讓她吃歐姆蛋嗎？」

「可以啦……反正說不行她也不聽。但今天做小一點喔。」

說完後，宇宇露出有點不滿的表情。

「那不要吃？」這麼問，她又搖搖頭。

「那麼麻煩請做一顆蛋的。」

「了解。」

簡單回應後，八木原走進廚房做歐姆蛋。

秀尚拿剩下的食材準備晚餐，把俐落做好的料理端到宇宇等待的榻榻米座位去。

宇宇看著眼前的歐姆蛋露出笑容，

「歐姆蛋～歐姆蛋～歐～姆～蛋～歐姆蛋～」

邊左右擺頭，邊用不同音階連聲喊「歐姆蛋」，唱起神秘的歌曲。

「感覺好像菜鳥的活動歌曲耶，這樣真的好嗎？」

「歐姆蛋讚美歌啊……如果宇宇變成偶像，那你應該會以歐姆蛋大師的身分成為幹部工作人員喔。」

「歌迷會在握手會時拿蛋來當禮物。」

「一顆三百圓的高級品。對歌迷來說，應該是神一般的存在吧。」

秀尚說完才想到，

——啊，宇宇是神沒錯啊……

他對自然忘記這個事實的自己失笑。

「那麼來吃晚餐吧，我要開動了。」

八木原帶頭說，秀尚和宇宇也跟著合掌唱和，開始用餐。

宇宇立刻把歐姆蛋送進嘴裡，「好好吃喔～～」露出一如往常的燦爛笑容。

秀尚看著她說：「太好了呢」後，對八木原開口：

「昨天晚上，我和宇宇的親戚稍微聊了一下。」

「喔，結果怎樣？」

「不管怎樣我都是外人，也不知道我的意見他們能聽進去多少，但我說了宇宇會寂寞、想撒嬌這類心情的事情，希望他們能最重視宇宇的心情。」

秀尚說完，八木原吞下嘴中食物後，只簡短回了一句：

「希望能一切順利。」

秀尚點點頭，八木原接著告訴他今天沒來店裡的理由：

「我今天去見了那個說要去土耳其的前輩。」

八木原昨天說要休息時，秀尚沒特別問理由，所以有點驚訝的同時，也好奇他們聊了什麼。

「你去問了開店的詳細事項之類的嗎？」

秀尚自然提問，但八木原乾脆地說：

「不，我去拒絕了。」

「什麼？你拒絕了嗎？」

「是啊……你應該也從神原口中稍微聽說飯店裡的事情了吧？我現在格格不入的事情。」

八木原自己說出秀尚不好問出口的事。

「啊……嗯，他稍微提過。」

「如果我現在辭掉飯店離開，不就跟逃跑一樣嗎？這次的事完全是我自己造的孽，如果我不堅持，就會養成逃避的習慣。」

八木原雖然這樣說，但他的表情看似全部看開了。

不知道該對八木原說什麼才好，秀尚總之先說：「這麼一來，藍眼睛妻子的事情也告吹了耶。」說完後一笑。

對此八木原答：「還有住在日本的外國人的可能性喔。」像是想要抓住些微的希望。

「……嗯，機率會瞬間下降就是了。」

「你別說那麼現實的事情啦……」

八木原苦笑，接著像是突然想到：「然後，你可能已經忘記了，我明天休假就結束了喔。」他告訴秀尚特休結束的事情。

「什麼……？啊，騙人！真的假的啊？」

「真的，後天開始，你又要自己努力啦。」

面對八木原無比燦爛的笑容，秀尚認真沮喪地垂頭喪氣：

「噢，有你在讓我太輕鬆，現在更顯痛苦啊……」

# 九

「不好意思讓您久等了，總共是兩千一百六十圓。」

八木原特休結束，秀尚又回到自己操持加之屋的日子了。

「前一陣子那個眼神有點銳利的小哥辭職了嗎？」

每週會來吃兩次午餐的老夫妻邊付帳邊問。

「也不是辭職，他是我之前職場的前輩，只是在特休時來幫我忙。」

「什麼啊，是這麼回事啊。那麼，那個人也是廚師囉？」

秀尚沒特別隱藏自己之前在飯店工作的事情，所以很多人都知道。

「對，他很擅長蛋類料理喔。找您四十圓，謝謝光臨。」

接過找零後，說著「謝啦」的兩人感情要好地回去了。宇宇笑著揮手對兩人說「掰掰」，老夫妻也揮手回應。

宇宇仍舊是加之屋稱職的招牌女郎。

至今不曾出現因為等太久而生氣的顧客，現在有宇宇在，等待期間也很有觀

察——這樣說有點語病，因為有可以看著的對象，所以等待時也不感覺無聊。

所有點的餐點全端上桌後，秀尚走出廚房到外面，宇宇小跑步靠近，小聲「嗯」了一聲後，伸長手做出要人抱的動作。

「好啦好啦。」

秀尚聽從她的要求抱起她，宇宇滿足地笑。

「你們的感情還是這麼好。」

看見他們的樣子，偶爾來店的年輕男性——其實和秀尚差不多年紀——對他們說。

「是啊，她這麼乖真的幫了我大忙。」

秀尚笑著回應後，

「之前讓我拍了宇宇的照片，我之後把照片當成待機畫面。她的笑容好棒，所以就算遇到沮喪的事情，一看照片就有打起精神的感覺。然後啊，感覺好事接二連三發生……我的業務成績到了競爭第一名的地步呢。」

「喔，是這樣嗎？」

——哇，真的是神明，感覺超級靈驗的耶……

秀尚偷偷這樣想。其實也有其他顧客和他說出相同的話。

似乎一樣把宇宇的照片當成待機畫面，然後不知道收到哪裡去的結婚戒指，竟然在至今不知道看過多少次的衣櫃裡找到，或是因為閃到腰，一般來說要躺好幾天，

結果兩天就好了之類的。

「雖然最後差一點點沒拿到第一名，但是這個給宇宇當謝禮。」

青年說完後，拿出裝有許多種類的點心，還搭配可愛外包裝的袋子給宇宇。

「真的可以嗎？謝謝你。宇宇，他說這個點心要給妳耶，跟人家說謝謝。」

秀尚催促後，宇宇彎腰敬禮說：

「謝謝。」

這副可愛的模樣讓青年、秀尚以及在場的顧客全感到心中一陣溫暖，但其實秀尚現在相當煩惱。

因為白妙說想直接和宇宇說話，希望秀尚可以取得宇宇的同意。

前幾天的離家出走騷動記憶猶新，如果隨便提出這件事，可能會讓宇宇又跑出去，但事情也不能拖延太久。

關店後，秀尚把宇宇抱在腿上讓她面對自己，接著開口：

「宇宇，有件事想拜託妳，可以請妳先聽我說完嗎？」

「嗯……」

秀尚的態度和平常不同，所以宇宇雖然有點驚訝，還是點點頭。

「謝謝妳。那個啊，白妙小姐說她想要直接和妳說話。」

「妙妙……」

宇宇一臉為難地低語。

「如果妳不想，我就回她說妳不想。」

聽到秀尚這樣說，宇宇仍一臉為難，但不像先前那樣立刻說：「不要。」

雖然不知道宇宇在想什麼，但她心中肯定很糾結吧。

過了一會兒，宇宇回問：

「跟她說話之後，宇宇就要回本宮了嗎？」

她似乎很害怕自己會被強硬帶回去。

「不會，如果妳不想回去就不需要回去，但是白妙小姐希望妳回去，所以啊，希望妳告訴她，要怎麼做妳才願意回去。」

這段話讓宇宇稍微猶豫之後，小聲卻也明確表示：

「……我要和妙妙說話。」

「好，那我就這樣告訴她喔。」

秀尚說完後，宇宇點點頭，接著指定晚餐：

「……我和她說話，所以我要吃焗菜。」

「焗菜啊，焗菜也不錯，但妳要不要試試看焗飯啊？」

「焗飯？」

「就是在蛋包飯裡面的飯飯上面放焗菜的東西，妳也很喜歡蛋包飯，所以我覺

得妳一定會喜歡。」

雖然沒吃過，但聽了之後知道是把她喜歡的兩種食物結合，所以她眼睛閃閃發亮。

「要吃！宇宇要吃焗飯！」

「好，那今天晚餐就決定吃焗飯。」

秀尚握拳舉高手宣示，宇宇也模仿他舉手說：「決定。」

「那我去準備晚餐，妳可以在這邊等嗎？還是妳要來廚房？」

一問之下，「在這裡等……玩畫畫。」宇宇選擇在榻榻米玩著色本等待。

「好，那我上二樓去幫妳拿著色本和蠟筆下來。」

秀尚說完後走上二樓，拿來蒙森的著色本和蠟筆，交給坐在榻榻米上的宇宇。

老實說，宇宇會畫到超出線，或是畫完全不同的顏色，根本一團亂，但她玩著色時似乎很開心，總是邊哼歌邊玩。

「那宇宇，乖乖等晚餐做好喔。」

留下這句話之後，秀尚走進廚房。

＊

一如往常到房東夫妻家洗澡，回來稍作休息後，秀尚抱著宇宇下樓進廚房。

和白妙聯絡之後，她立刻回應：「我今晚前往叨擾。」

「還有點早啊，宇宇，妳要不要喝果汁等？」

讓宇宇坐在廚房工作檯前的椅子上，但她明顯很緊張，秀尚總之先給她果汁，想緩解她的緊張。

讓她喝飲料等待時，店裡出現有人來的氣息，宇宇的緊張感瞬間飆升。

「晚安～～」

但出現在廚房的是時雨和陽炎等居酒屋常客成員。

「哎呀，御魂大人，祢的睡衣好可愛喔。」

時雨也知道今天白妙要來。

正因為知道，所以才對宇宇說話，想要消除她的緊張感。

「喵喵……」

宇宇指著睡衣上的貓咪刺繡給時雨看。

「真的耶，小貓咪好可愛。」

時雨語調高昂地回應，宇宇也滿臉笑容鸚鵡學舌：

「好可愛～～」

看來似乎是稍微不緊張了。

「真是的，御魂大人可愛過頭，穿什麼都好看，太不得了了。討厭啦，我好想

要帶御魂大人去買東西……」

時雨這段話讓陽炎邊準備酒邊問：

「你講認真的嗎？」

「哎呀，我總是很認真喔。童裝光是小就夠可愛了，女孩的更是可愛得不得了！輕飄飄的三層荷葉邊裙子之類的，簡直就是妖精啊，妖精！」

就在時雨用力強調時，又有誰來了。

因為常客們早就全員到齊，大家都明白是誰來了，宇宇也會立刻知道，所以大家刻意不說出口。

接著，那位人物立刻現身。

「叨擾了。」

出現在廚房裡的人是白妙。

下一秒，宇宇全身僵硬。

「小妙，歡迎光臨。」

時雨為了讓僵硬的宇宇放心，平常總是稱呼「白妙閣下」的他，刻意學宇宇用「小妙」這種輕鬆的稱呼呼喊。

「喔，妳來了啊。」

陽炎同樣用輕鬆的語調迎接她。

「妳好，那個，請到裡面……」

為了接下來的談話，秀尚原本想請她到裡面坐。

「要不要去榻榻米那邊？那邊應該比較能好好談吧。」

「說得也是，坐這邊就會想要喝酒。」

陽炎提議換個地方後，時雨也跟著同意。

因此，全員都移動到榻榻米上去。

把榻榻米上的兩張桌子交疊，移到牆邊空出位置來，接著秀尚、宇宇坐一邊，白妙坐在他們對面，其他稻荷們說著「坐椅子比較輕鬆，而且我們只是在旁見證而已」，拉過椅子來坐。但秀尚心裡明白，他們是為了避免全部人都圍在旁邊會讓宇宇畏縮。

就這樣做好談話準備了，但一開始只有沉默。

宇宇貼在秀尚身上，窺探白妙要怎麼開口。而白妙則是煩惱著該怎麼開口。

「喂喂，現在可不是帶著小孩相親耶。」陽炎捉弄他們。

以這句話起頭，白妙開口：

「宇迦之御魂大人。」

白妙呼喊名字後，宇宇有點警戒地緊揪住秀尚的針織衫後背。

「我相當清楚我有不周全的地方，才會讓您離開本宮。該怎麼做，才能讓您願意回來本宮呢？」

白妙平靜地問。

但那是讓人感到有所覺悟的聲音。

宇宇沉默。

「宇宇，就和妳對我說的一樣，對白妙小姐說妳希望在本宮時想怎樣，像是飯飯啊，還有其他的。」

秀尚催促後過了一會兒，宇宇才開口慢慢說：

「宇宇不喜歡冷冷的飯飯，想要吃熱的飯飯……也不喜歡一個人吃，想要和在這裡一樣大家一起。」

又稍微停頓一會兒後繼續說：

「也不喜歡妙妙好忙，想和之前一樣在一起。也想要抱抱，不喜歡寂寞。」

仔細一聽，其實都是很微小的希望。

但是她到今天為止，連這麼小的希望也無法說出口吧。

要求她「該有身為神明的風範」的結果，就是只要脫離這個標準的要求就不被接納，也不難理解宇宇被逼入絕境的感覺。

宇宇說出口的話讓白妙泛淚，她拿巫女服的袖子輕壓眼睛。

宇宇看到之後，擔心地問：

「妙妙肚子痛痛嗎？」

白妙搖搖頭：

「不，只是眼睛有點痛而已。」

白妙拚命壓抑聲音的顫抖回應：「御魂大人，請到這邊來。」接著輕輕拍拍自己的大腿。

宇宇不知該如何是好地看著秀尚。

「過去吧，別擔心，不會就這樣把妳帶回本宮。」

秀尚說完後，宇宇還是有點猶豫，但她仍站起身，緩緩走到白妙身前。

白妙輕輕抱過宇宇的身體，讓她坐在自己腿上。

這是宇宇睽違已久——自從成為「宇迦之御魂神」後，第一次——讓白妙抱在腿上坐著。

宇宇開心地自然露出微笑。

「御魂大人，真是太好了呢。」

陽炎對著她說，宇宇點點頭。

「宇宇喜歡抱抱，只要坐在妙妙腿上，就算有好多討厭也沒有關係了，但是妙妙都說『御魂大人不可以抱抱』。」

宇宇這句話讓白妙壓緊眼頭。

因為她想要讓宇宇早點成為出色的神明，所以希望她別再做出這些孩子氣的行為。

但那只是白妙自以為是的想法罷了。

「御魂大人，您該不會認為只要不再是御魂大人，就可以讓人抱抱了吧？」陽炎一問，宇宇點點頭。

「宇宇因為在本宮所以是御魂大人，不在本宮就是宇宇。」

對此，秀尚和稻荷們「啊啊」地嘆了一口氣。

宇宇大概認為「因為待在本宮，才被大家喊為宇迦之御魂，所以白妙才會那麼疏離她」吧。

那麼，只要離開本宮就好——小小年紀拚命思考的結果，就是這次的離家出走，所有人都理解了。

「妙妙，宇宇啊，」心情變好之後，宇宇似乎決定多說出一點自己的願望。

「怎麼了嗎？」白妙溫柔問。

「宇宇早上想要多睡一點，有點不喜翻在太陽公公出來之前起床。」

「什麼，她都那麼早起嗎？」秀尚十分驚訝。

宇宇在這裡再怎麼早都是六點半到七點之間起床。

即使如此，已經讓秀尚佩服她的生活太規律了。

「因為御魂大人有個儀式要在天亮時進行。」陽炎說明。

「哇……太辛苦了。」

秀尚單純佩服後，宇宇又繼續說：

「還有啊，我每天都想吃神神的點心和咩咩的歐姆蛋，然後還有加之葛格的焗菜、焗飯……」

明顯開始混雜她的任性要求，秀尚和稻荷們也只能苦笑。

「宇宇，不可以每天吃歐姆蛋。」

秀尚說完後，宇宇嘟起嘴。

「總之，應該可以先停止試毒吧？如果不信任廚房還有話說，但目前為止沒出過差錯。我想，應該可以等到御魂大人長大之後再檢討要不要恢復。」

陽炎提議後，白妙點點頭。

「我會這樣做。另外，因為御魂大人已經能自己用餐，所以先前為了避免不敬，我們都是分開用餐，但接下來會讓隨侍的女官，或者我也會盡量抽空一起用餐。」

白妙說完停頓了一下，自責地繼續說：

「我總想著得將上一代託付給我們的御魂大人教養成出色的神明才行，但只有這個想法空轉，忽略了要理解御魂大人的想法。身為女官，真是太羞愧了。」

時雨慰勞白妙說著。

「妳自己也是，立場突然改變應該讓妳無暇顧慮其他了吧。」

雖然白妙沒有回話，但從她的表情可以看出肯定態度。

「那麼，御魂大人，您願意回本宮了嗎？」陽炎重新提問。

宇宇點點頭，雖然點頭也強調：

「就算沒辦法每天也沒關係，但是我偶爾想要吃神神的點心、咩咩的歐姆蛋還有加之葛格的焗菜和焗飯。」

白妙對此苦笑，露出安心表情回答：

「我會妥善處理。」

「那，宇宇今天晚上就要回去了嗎？」

秀尚考慮到往後的事情開口問，但宇宇搖搖頭。

「不行，要去跟爺爺、奶奶說謝謝。」

「啊啊，說得也是，突然回去會讓人家覺得奇怪，那麼明天晚上回去？」

「嗯，吃完飯後再回去。」

宇宇笑容燦爛地點點頭。就這樣，宇宇的離家出走在隔天劃下句點。

*

宇宇回去之後，秀尚回到原本的日常生活。

公休日到加之屋來玩的孩子們聽到宇宇回去了之後，很遺憾地說著：

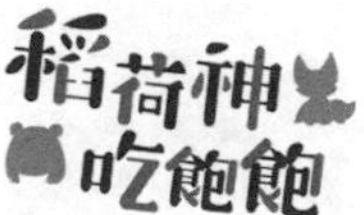

「什麼～～她回去了喔？」

「還想要和她多玩一點耶。」

接著又問：

「還能見到面嗎？」

「嗯，大概吧。」

秀尚只回了這一句。

不知道宇宇會不會再來這裡玩。

但是孩子們長大成為稻荷，能夠到本宮去之後，應該會在那裡再見到宇宇吧。

到時孩子們會有什麼表情呢？光想像就覺得有趣。

對宇宇回去感到遺憾的不僅孩子們。

店裡的常客也相同。

只不過他們知道宇宇因為一點原因，所以回父母身邊前先寄住在秀尚這裡，大家也很開心她可以和家人一起生活。

接著在秀尚回到原本日常生活幾天後，

「午安～」

午餐時段過後，神原來到顧客稀少的加之屋。

「啊啊，神原前輩，歡迎光臨。」

神原立刻點餐：

「請給我甜品吐司和熱咖啡。」

「我明白了。」

回以老闆風範的回答後，烤好吐司塗上奶油與楓糖漿，搭配冰淇淋、鮮奶油以及季節水果，把點心時間常出餐的甜品吐司和咖啡端過去後，神原彷彿交換商品般，遞出蛋糕盒：

「可以把這個拿給宇宇嗎？」

「啊，可以嗎？謝謝你。」

「裡面是烘焙點心，所以可以放很多天。」

「是神原前輩親手烤的嗎？」

一問，神原點點頭。

「宇宇肯定會很高興，因為她最喜歡前輩的點心了。」

秀尚說完後，

「我才要道謝，我跟姐姐都說，只是借她衣服而已，結果收到超多回禮，反而讓我們很不好意思。」神原露出「真的可以收下嗎？」的表情回覆。

本宮送了回禮給借許多衣服給宇宇的神原姐姐，和幫忙宇宇洗澡的房東夫妻。

而且本宮似乎也對回禮爭論了一番。

給神原家的回禮，

「他們家有女孩兒的話，就該由本宮訂製一套和服！我們會準備最高級的布料！」

之於提出如此意見的女官，廚房裡的稻荷正面對決：

「不，現在食物更讓人開心，應該要準備家人人數份量的整尾鯛魚。」

給房東夫妻的回禮，

「說到健康長壽當屬高麗人參。」

「不對不對，你們在說什麼，除了冬蟲夏草別無其他。」

如此這般打算要送中藥品，了解人界的稻荷聽到後，自然地提出「關於人界收到什麼回禮會比較開心，你們要不要問問加之原閣下的意見啊？」這種建議，幫忙修正方向。

然後，他們就跑來詢問秀尚的意見。

問「和服和整尾鯛魚」、「高麗人參和冬蟲夏草」哪個比較好？

對此，秀尚的回答是：

「神原姐姐送商品券，房東夫妻送一點茶點和現金最好。」

當然引起大家「這也太沒誠意了吧」的噓聲，但秀尚用著「這絕對最讓人開心，除此之外不認同」的氣勢要他們接受，最後也這樣做了。

秀尚也提出適當的金額，當然也被他們抱怨太少了，但秀尚強硬地說：

「十萬圓會嚇到人家。」

最後，送給神原姐姐三萬圓的商品券，送給房東夫妻同額的現金——因為考慮房東夫妻的行動範圍後，現金比商品券更容易使用——以及茶點。

兩邊都說「反而讓我們過意不去耶」，但用「這是對方的一點小心意，還請收下」的理由讓他們收下了。

「宇宇過得好嗎？」神原邊吃甜品吐司邊問。

「嗯，很好喔。」

「太好了。」神原放下心中大石般說道。

宇宇回到與本宮相連的宮殿之後，秀尚偶爾會從常客稻荷口中聽見她的近況。他們並非每天和宇宇見面，但白妙顧慮和宇宇長時間相處的秀尚，應該很在意宇宇回去之後的狀況，所以請稻荷代為轉達。

秀尚收到要給宇宇的禮物時，也會交給常客稻荷，請他們代為轉傳。

今天神原拿來的點心，也打算今晚麻煩常客稻荷轉傳。

「說到這個，八木原前輩啊。」神原吃完甜品吐司之後，突然開口。

「他怎麼了？」

「他決定要出國了。」

這句話讓秀尚歪頭。

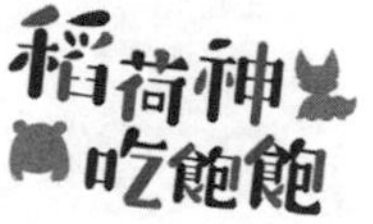

「我聽說他拒絕要去土耳其的事情了耶……」

該不會是那之後又被說服了吧？

「不，不是去土耳其，是要去美國。飯店要到加州開新的飯店，他要以副主任的待遇過去那邊的廚房。」

「哇～～太厲害了，八木原前輩的英文超級流利的啊。之前有外國人在店裡向他問路，他回答超順，嚇我一大跳。」

「前一陣子似乎有稍微面試，聽說全部英文，但他沒問題就是了。」

彼此出現「真是厲害啊」的停頓之後，神原繼續說：

「然後啊，我就想到了。」

「想到什麼？」

「宇宇的預言。」

這讓秀尚稍微思考，接著想起來了。

——咩咩啊，會在很遠很遠的地方，和一個藍眼睛的女人結婚喔～～——

秀尚露出「啊」的表情，神原點點頭，兩人異口同聲：

「感覺宇宇的預言真的會實現耶……」

全書完

# 番外篇——慶生會

孩子是充滿好奇心的生物。

隨著好奇心柔軟地吸收許多事物，轉眼間就長大了。

那副模樣令人莞爾的同時，有時也會引發無比麻煩的事態，加之原秀尚有過親身體認。

當然，這些孩子並非秀尚自己的孩子。

但說起是誰的孩子，他們甚至不是人類小孩。

這些孩子們生活在「狹間之地」，那和人類生活的地方不同時空，他們是稻荷神候補生的小狐狸們。

正確來說似乎不是「稻荷神」，但在秀尚心中「稻荷神＝狐狸模樣的神明」，而且大家已經不想要糾正他了，所以秀尚是如此理解的。

秀尚曾因為一點原因跑進狹間之地，在那裡以廚師身分煮飯給小狐狸們吃，讓小狐狸們很黏著他，最後連身為他們監護人立場的稻荷們的胃袋也抓住了。

秀尚回到自己該生活的人界之後，也還和他們持續交流。

具體來說，秀尚經營的餐館「加之屋」傍晚五點結束營業後，會在店裡廚房偷偷只為了稻荷們開設居酒屋，成人稻荷幾乎每天晚上都會光顧。

而孩子們會在加之屋的公休日來玩。

今天就是公休日，加之屋二樓的居住空間裡，陸陸續續跑來頭上長耳朵、屁股長尾巴的人類孩子模樣，以及仍是小狐狸模樣的候補生孩子們。有的人玩積木，有的人用樂高組建築物，或是組裝塑膠軌道讓電車在上面跑，也有人看兒童節目，各自隨心所欲度過時光。

「就這樣，兩人從此過著幸福快樂的生活，可喜可賀。」

闔上唸完的繪本，坐在秀尚盤坐腿間的孩子接過繪本站起身，接著，拿著新繪本的豐峯立刻跑過來坐在秀尚腿間：

「加之哥哥，接下來唸這本。」

「喔～～是《傑克與魔豆》啊。」

確認豐峯拿過來的書，等他喬好舒服的位置之後，秀尚開始唸繪本。兩隻狐狸蜷成一團待在秀尚左邊，右邊蜷成一團的是今天狀況不好，只能維持狐狸模樣的壽壽。

這是加之屋公休日常見的和睦又安詳的時光。

關店後要面對成人稻荷，公休日還要面對孩子們，秀尚原本還擔心會不會完全沒有放鬆的時間，但完全沒這回事。

晚上就算沒居酒屋，也得進廚房準備隔天開店用的食材，只是把那些材料拿來

做點下酒菜，對秀尚來說一點也不辛苦。

倒不如說，與其自己安靜工作，邊聽大家開心談笑邊工作還比較有趣。

而公休日時，如果孩子們要求玩得花體力的累人遊戲可能很辛苦，但他們只會要求秀尚像現在這樣唸繪本，或是陪他們玩撲克牌或桌遊，還有準備點心和午、晚餐。

而且每個孩子都很乖很可愛，和他們在一起很撫慰人心。

當然他們偶爾也是會說出摸不著頭緒的話讓人困擾，或變成麻煩事，但基本上都很可愛。

就在秀尚唸豐峯拿來的《傑克與魔豆》時，淺蔥和萌黃興奮地大聲喊：

「加之哥哥、加之哥哥！」

秀尚停止唸繪本，轉頭看兩人：

「怎麼了？」

姑且一問，但從他們興奮的樣子來看，秀尚有不好的預感。

果不其然，兩人口中說出：

「加之哥哥！什麼是生日？」

「電視上啊，在黑黑的房間裡，蛋糕上插蠟燭，然後還唱歌耶。」

那大概是在形容「慶生會」的場面吧。

聽見萌黃說出「蛋糕」這極有威力的詞彙時，其他乖乖玩的孩子們一口氣全湧了過來。

「生日要吃蛋糕嗎？」

「想要吃蛋糕！」

——哇～～，果然不出我所料……

人界有許多替孩子準備的活動。

但原本只生活在狹間之地的孩子們不曾接觸過這些活動，該不該積極告訴他們這些事是個問題——其實這只是場面話，實際上替孩子準備的活動，大多都伴隨著「禮物」和「豪華大餐」。

薄緋知道之後，告訴秀尚「請盡可能別告訴孩子們這些活動」，所以秀尚也盡量避免孩子們接觸這些資訊。

但過去也曾被他們知道聖誕節這活動，最後拿聖誕老公公特別通融的設定：「這本來是國外的活動，所以沒有提供日本小孩這個服務，但聽說你們很期待，所以今年是特例。」趁孩子們睡覺時送他們點心蒙混過去的經驗。

但是生日呢？

——不管是不是生活在狹間之地，大家都有出生的日子吧？

要不要慶祝因人而異，但每個人肯定都有誕生在這個世界上的日子。

「生日啊～～生日就是出生的那一天。一年一次，感謝出生之後平安無事活到這

一天的日子就是生日。」

「蛋糕呢？」

「三角形的帽子也是那天戴嗎？」

孩子們感興趣的果然是食物和慶生會，眼睛閃閃發亮發問。

「要不要吃蛋糕、要不要戴三角形帽子，每個人都不同，所以沒辦法說什麼。

總之，生日就是出生的日子。」

「……不吃蛋糕嗎？」

萌黃失望地問，甚至連耳朵都垂下來了。

秀尚邊想「沒必要那樣大受打擊吧」，邊回：

「嗯～～也有人不吃耶。」

秀尚說完後，淺蔥緊緊握住快要哭出來的萌黃的手，認真問：

「加之哥哥生日時不吃蛋糕嗎？」

——呃，這問題需要用那麼嚴肅的表情問嗎？

雖然這樣想，但轉頭一看，圍繞在秀尚身邊的孩子們全部屏息以待地看著秀尚。

「不，我啊……現在不吃了。」

秀尚一說，明顯感受孩子們的情緒瞬間跌落谷底，萌黃甚至大受打擊到眼泛淚光。

看見這一幕，秀尚慌慌張張補上一句：

「現在不吃了，但小時候吃過。」

聽見補上的這句話，坐在秀尚腿間的豐峯大聲說：

「豐峯還是小孩子耶！」

「我也是！」

「我也是！」

淺蔥和萌黃也跟著說，其他孩子也七嘴八舌跟著表達，包含壽壽在內，原本在睡覺的三隻小狐狸也跳來跳去表示「我也是」。

——啊……這非得辦慶生會不可了啊……

秀尚在心中小聲嘆氣，接著做好覺悟。

「也就是說，你們想辦慶生會啊？想要吃蛋糕，戴三角帽。」

秀尚說完，所有孩子——包括三隻小狐狸——一起用力點頭。

「我知道了啦，那就用同一個月生日的人一起慶生的方式辦慶生會吧。」

這句話讓孩子們瞬間恢復精神，又叫又跳大聲歡呼。

在孩子們充分表現欣喜後，秀尚拍了兩下手。

「那，這個月有誰生日？話說回來，我把大家的生日記在月曆上，大家來講自己的生日。」

秀尚拿出手機，打開月曆打算要輸入生日。但是孩子們的動作愕然停止，過了

一會兒才面面相覷。

「……怎麼啦，不告訴我生日就沒辦法辦慶生會啊。」

秀尚問完後，淺蔥反問：

「我的生日是什麼時候？」

「咦？我不知道啊。萌黃呢？雙胞胎應該是同一天出生的吧？」

說完後看向萌黃，但萌黃也搖搖頭。

「我也不知道……」

彷彿同意萌黃的回答般，所有人點點頭。

「呃……真的假的啊……」

這意外的發展令秀尚驚訝，但問起秀尚和他們同齡時是否記得自己的生日，這也是個很大的疑問，或許也是沒有辦法的吧。

「怎麼辦……我們沒有生日嗎……？」

豐峯一臉悲愴低喃，這句話讓不安在孩子們之間擴散，萌黃的眼中又開始泛淚了。

「等等！就算你們不知道，其他人可能知道吧？像是薄緋先生啊！」

就算孩子們不知道，薄緋知道的可能性很高。

這是因為，薄緋是代替他們父母照顧他們的人。

從秀尚這句話中找到生路的孩子們抬頭看向秀尚。

「對啊！薄緋大人可能知道！」

「他肯定知道！」

「我去問！」

萌黃舉手自告奮勇要去問，淺蔥和豐峯也跟著舉手，三人要好地打開連結狹間之地的壁櫥門，跑回去問薄緋生日。

但幾分鐘後，再次打開壁櫥門回來的三人意志消沉——正確來說，萌黃已經哭得唏哩嘩啦，淺蔥和豐峯眼看就要哭了。

「咦，怎麼啦？」

秀尚還以為他們會意氣風發回來，因此不知所措地問。

「問……薄、緋、大人，我……們、什、時候……生……日……」

豐峯才說到這裡，整個人癱坐在地放聲大哭。

聽到哭聲，萌黃跟著放聲大哭，淺蔥也雙手遮住臉哭泣，根本無法問出所以然了。

「啊……嗯，我大概懂了。」

跑去問生日卻哭著跑回來，這代表薄緋也說不知道吧。但說起來，薄緋不知道讓秀尚有點意外。

因為他以為從父母身邊接過孩子代為養育時，這些事也應該會好好做。

——那現在該怎麼辦啊……

就在秀尚煩惱之時，壁櫥門突然打開。

「啊……果然變成這樣了啊。」

看見放聲大哭的三人，以及察覺事情後對無比沮喪的孩子們說出這句話的人是陽炎。薄緋也跟在他身後，露出「哎呀呀」的表情。

「到底是發生什麼事，你說了什麼啊？」

雖然大致理解，但秀尚還是想要問清詳情。陽炎和薄緋走進室內。

薄緋在坐著嚎啕大哭的豐峯身邊坐下，邊摸他的頭邊回答：

「說了什麼……這三個跑來問我他們什麼時候生日，我只是說『我不知道』而已。」

薄緋乾脆的回應大概喚醒孩子們的悲傷回憶，三人哭得更大聲了。

「不知道……這是為什麼？」

「就算你問為什麼，不知道的事情就是不知道。」

聽見薄緋連聲說「不知道」，其他不知道自己生日的孩子們也開始泛淚了。

當然是因為不知道生日，就沒辦法吃蛋糕。

「薄緋閣下說話本來就很簡潔……但稍微多顧慮孩子的心情比較好吧。」

陽炎盤腿而坐，邊說邊把淺蔥和萌黃抱到他腿上坐，摸著他們的頭說道。

「就算你要我多顧慮……」薄緋似乎摸不著頭緒。

「就算不知道，也有比較委婉的說法吧。只是啊，雖然我不是替薄緋閣下說話，但他不知道生日也是無可厚非的事。」

陽炎這句話讓秀尚歪過頭。

「什麼意思啊？」

「我們不知道自己生日的人比知道的人還要多。」

衝擊性極大的一句話從陽炎口中說出。

「什麼……！為什麼？」

「父母其中一方是神使的人，父母應該記得日期，但我們大多都是普通狐狸後代。狐狸父母根本不會在意日期，我也只知道自己是初春出生。萌芽之館的孩子都是普通狐狸的後代，所以根本不知道生日，而且不知道也沒有任何不便。」

「我也不知道自己的生日。」

陽炎說完後，薄緋也接著說。

這是個只要沒特別理由，每個人類「都知道」的事情，所以秀尚以為大家都相同，第一次知道他們並非如此。

但的確，雖然說法不好聽，可是「動物」或許根本不在意生日這種東西吧。

「那、我們，沒有、生日嗎？

「什麼，不要啦！我想要吃蛋糕！」

十重和二十重泫然欲泣地傾訴，其他孩子們也開始騷動著「想要生日」！

「你們這些人，不可以這樣不講理。」

在薄緋斥責後，心中對「生日蛋糕」充滿期待的孩子們，雖然聲音小很多，但還是繼續喊著：「可是，生日……」

秀尚在此提議。

「好！那我們來決定大家的生日吧。」

這話讓孩子們嚇一大跳，陽炎和薄緋也一副「你在說什麼啊？」的表情看著秀尚。

「反正你們都不知道自己的生日，那就自己決定吧。如果每個月都有人生日，那我會很忙，所以大家平均分散到每兩個月……同一個月替兩個人或三個人慶生吧。總之，這個月的下一個週二，要是誰和誰的生日？」

聽到秀尚這樣說，孩子們仍一臉驚訝，陽炎笑著說：

「你的想法還是一樣不受拘束耶，真豪氣。」

而薄緋追加提議：

「那麼，用抽籤的不就好了嗎？」

「啊～～那樣最快。等等我，我來做籤。」

秀尚說著把日曆紙裁成適當大小，分別在背面寫上「六月第三個週二」、「八月第三個週二」、「十月第三個週二」等，做出隔月籤。

接著放進袋子裡讓孩子們抽。

淺蔥和萌黃、十重和二十重是雙胞胎，讓他們的生日分開也不太好，所以讓他們派代表抽。

結果，本月的壽星決定為淺蔥、萌黃和壽壽三人，其他孩子們的生日也決定了。

「好，大家的生日都確定了真是太好了呢。」

秀尚一說，大家這才發現剛剛的抽籤是在決定生日而齊聲歡呼。

「太棒了！我有生日了！」

「十重，我們是十月的第三個週二耶！」

「豐峯是二月，我想要馬上生日啦！」

孩子們歡欣的樣子讓秀尚鬆了一口氣，但陽炎冷靜問：

「……你這種決定生日的方法，每年日期都會改變耶？」

「沒關係啦，這樣我比較好記。」秀尚用「管他的」態度回應。

「我覺得是相當新穎的生日呢……我是八月的第三個週二啊……」

不知何時也抽籤的薄緋如此說。一開始是按人數做籤，但因為雙胞胎只抽一張，所以多了兩張籤，薄緋抽的就是其中一張。

「薄緋閣下，你還真是不容疏忽耶……」

陽炎語氣混雜著佩服與傻眼，薄緋回答：

「我也同樣不知道自己的生日，只是順便而已。」

「那我也要抽，把剩下那張給我看。」
同樣不知道生日的陽炎拿起最後一張籤。
「什麼啊，是四月啊……不就還有將近一年嘛。」
看見紙上寫的生日，陽炎嘆了一口氣。
「都已經是大人了別那麼沮喪，話說回來，你們兩人也要參加嗎？」
秀尚一問。
「雖然不甚完美，但也已經決定了啊……」
「不管是什麼日子，能得到祝福都值得恭喜。」
看到兩人用「當然是如此打算」的態度回應，秀尚也放棄了。
「說得是啊——好值得恭喜喔——」
真希望他們理解這句話雖然有點沒誠意，那也是沒有辦法的。
總之，孩子們的生日就這樣決定了，隔週決定要舉辦值得紀念的第一次「慶生會」。

＊

「果然還是用容易取食的三明治為主，然後炸雞塊……做成鬱金香形狀好了。然後希望他們多吃點蔬菜，就做蔬菜為主的焗烤千層麵……」

決定好孩子們的生日後，再來就是要決定「慶生會」的菜單。

因為這是孩子們的第一次慶生會，所以秀尚想要隆重地為他們慶祝。但想到接下來每兩個月就有一次慶生會，第一次太努力，後面只會讓他們越來越期待，所以決定把平常吃的東西裝飾得稍微豪華一點就好。

蛋糕也會用鮮奶油裝飾得豪華點，但基本上都用罐頭水果，只有最上面用當季水果裝飾。

「這樣應該可以吧……再來就是把想到的東西一點一點加進來……」

大致決定好菜單的秀尚，再重新檢視一次後，點點頭確認。

「哎呀，這炸雞塊的形狀真奇怪呢。」

慶生會前晚，成人稻荷們今天也齊聚加之屋，居酒屋一如往常地正常營業。秀尚邊替他們準備下酒菜，邊做明天慶生會的準備。

「這叫鬱金香，把雞翅稍微加工之後做的。」

把大量進貨的雞翅切開，露出雞骨當成莖，把肉往上集中做出花的造型，這樣就加工出稱為「鬱金香」的造型。

「喔～～還有這種東西啊。」時雨直盯著盤子中的鬱金香炸雞塊說。

「超市也會賣已經做成鬱金香造型的雞肉喔，當然會加上一點工錢啦，所以我自己買雞翅回來做。」

要給孩子們吃的明天才要炸，因為上市場買，老闆給秀尚很大的優惠，所以決定今晚也炸給成人稻荷吃。

「這樣就可以不弄髒手了，真不錯……嗯，好吃。」

「炸雞塊不管做成什麼造型都好吃，而且有骨頭給人『我在吃肉！』的感覺，讓人很興奮。」

濱旭也跟在時雨後面吃，兩人分別闡述感想。

「啊啊，『原始人吃的肉塊』那種嗎，有餐廳會賣帶骨肉喔。」

秀尚回應後，濱旭也點點頭：

「我超想要吃吃看那個……但要裡面也全熟應該要費很大工夫吧。」

「啊……應該也要看大小，如果尺寸很大，最保險的方法就是用烤箱慢慢烤。」

秀尚說完後接著說：

「感覺孩子們絕對會喜歡耶……下次慶生會前稍微研究一下做法，然後放進菜單裡吧。」

濱旭聽到後立刻說：

「我也喜歡～～做好讓我試吃。」

其他稻荷也紛紛舉手表示「我也要」、「我也要」。

「你們啊，也稍微客氣一點吧。」

時雨如此訓斥後，秀尚反問：

「拿給孩子們吃之前也得反覆試作，所以沒關係。時雨先生不吃嗎？」

時雨立刻回答：

「沒有不吃啊。」

這反應讓秀尚失笑，他邊笑邊說：

「感覺陽炎先生絕對會喜歡，更應該說，這些人當中，他應該是對這類食物最興奮的人吧。」

「絕對是這樣，今天換班時也對我說『明天是孩子們的慶生會呢』，感覺相當期待。」

身兼狹間之地守衛工作與本宮工作的景仙如此說。

景仙今天工作到傍晚就和陽炎交班，所以現在陽炎正在工作中，今天才沒有來。

「感覺他會比孩子們還興奮。」

「絕對會～～先前決定好生日時他也超級興奮的。」

時雨說完後，秀尚稍稍歪頭：

「他都那個年紀了，還會對生日感到開心嗎？」

雖然看起來很年輕，但稻荷們的年齡全都和外表不符。陽炎以前說過他將近兩百歲，大家也差不多是這個年齡吧。

「到了那把年紀第一次有自己的生日，應該很高興吧？我決定自己生日時也有點開心，第一次過生日時，明明只有自己吃，還買了整個蛋糕呢。」

時雨說完後，濱旭也點點頭。

「啊～～我也是一樣。現在都買超商的蛋糕，但第一次時還特地去訂蛋糕呢。」

「你們說自己決定生日，所以是屬於原本不知道生日的人囉？」

秀尚一問，兩人點點頭。

「就是這樣。因為要在人界工作，本宮會替我們處理很多手續，那時對我們說可以選擇喜歡的日期當生日，所以我們就自己選了。」

「我還記得我選日期時好猶豫，最後因為想要獅子座，所以選了八月。」

聽到濱旭這麼說，時雨欽佩地說：

「啊啊，也有這種決定方法啊，我當時只想著不要和本宮的重要行事重疊。」

「感覺時雨先生決定時會有很多堅持耶，真令人意外。」

時雨回應秀尚：

「我現在雖然這樣，但到人界當時可是個普通的男生耶。」

「所以你到底是在哪個分歧點走進少女路線的啊？」

濱旭笑著說，對此包含時雨在內的大家都笑了。

接著來到隔天。

「加—之—哥—哥——！」

「加之哥哥，我們來了！」

不到十點，孩子們一如往常地打開壁櫥拉門來到房間。

以前會把時空之門開在各種地方——正確來說是因為要讓孩子們練習，所以沒辦法固定在一個地點開門——但這讓秀尚無法靜心，所以拜託他們固定在一個地方，之後決定讓薄緋固定開在壁櫥的拉門上。

「加之哥哥，生日！」

萌黃表情十分認真地說，他身邊的壽壽也開心說：

「生日，小壽也是。」

「嗯，今天是淺蔥、萌黃和小壽的生日。小壽，你今天有完整變身了呢。」

壽壽的變身能力還不穩定，時常手腳仍是狐狸，或是上、下半身其中一部分仍是狐狸，但今天和大家一樣，變身成有耳朵和尾巴的人類小孩模樣。

「不，他雖然很努力，但今天也有點困難，所以我出手幫他，因為他是今天的

主角之一啊。」

這句話出自和孩子們一起來的陽炎口中。

「是這樣啊。小壽，真是太好了呢。」

秀尚摸摸壽壽的頭之後，把視線拉回陽炎身上。

「薄緋先生呢？」

「他晚一點來，他要我先來幫你的忙，該做什麼好？幫忙試吃嗎？」

「這句話讓孩子來說超可愛的，但從你口中聽到讓我好想揮拳頭，這是為什麼呢？」

「堅決反對暴力。那麼，我該做什麼好啊？」

陽炎又重新詢問，秀尚對他說：

「請你和孩子們一起做房間的裝飾，我會教你該怎麼做。」

說完後把一整疊色紙和兩捲膠帶，以及美工刀放在桌上。

「首先，陽炎先生請先把色紙割成直條狀，這個嘛，一張紙割成六等份差不多。」

秀尚把色紙對摺後裁割，接著大約分成三等份，做成六張直條紙。將其中一個捲成圓圈拿膠帶固定之後，再拿起下一張紙穿過圓圈後用膠帶固定成新的圓圈，做出鎖鏈狀的東西。

「請像這樣連結成鎖鏈狀，然後裝飾在房間牆上。」

「啊啊，我大概知道是什麼感覺了。」

看見陽炎點頭後，秀尚轉過頭看孩子們：

「陽炎先生負責割紙，大家可以負責把紙條作成圓圈連起來嗎？想要用同一個顏色或是全部不同顏色都行，大家可以做喜歡的鎖鏈。還有，美工刀很危險，所以只有陽炎先生能碰喔。」

秀尚叮嚀之後，孩子們異口同聲說：「好～～」

「那拜託大家了，我下樓準備料理。」

秀尚說完後離開二樓走進廚房。

料理的前處理已經全部做完，只剩下煮熟而已。

原本也想過要讓他們在萌芽之館先把裝飾品做好，但又覺得趁孩子們布置房間時完成料理，可以趁熱吃比較好，而為了不讓他們等得太無聊，所以才拜託他們現在做。

「那麼，來做最後步驟吧！」

秀尚站在瓦斯爐前，開始做菜。

大約三十分鐘後，只剩下把料理端上樓的秀尚，上二樓確認狀況。

「我要進來了喔。」

打聲招呼打開拉門，色紙做成的鎖鏈已經圍著房間牆壁繞一圈了。

「哇，好棒……已經圍一圈了啊。」

「大家一起努力的。」

站在門口的豐峯精神充沛地報告。

「大家一起分工合作。」

根據萌黃所說，首先為了大量製作最原始的材料，他們先一次把三張左右的色紙摺成一半，然後交給陽炎裁割。把割成一半的色紙摺成三等份之後，再次交給陽炎繼續裁割，等到紙條累積到一定程度後，留下一個人負責摺紙，剩下的人分成負責剪下膠帶後貼在桌邊讓其他人容易取用的人，和負責做圓圈接鎖鏈的人。

而兩隻小狐狸則負責把變長的鎖鏈拉開來避免打結。

薄緋也在中途抵達，所以工作效率變得更高。

「真的好厲害……而且還有裝飾花耶。」

除了鎖鏈垂放裝飾在牆上外，四處還有用色紙摺成的花朵裝飾。

「是我們摺的。」

十重和二十重用完美的合聲報告。

「這樣啊，摺得很漂亮呢。」

秀尚說完後，兩人開心地笑。

「那麼，你到二樓來就表示料理做好了嗎？」

「從下面傳來很香的氣味呢。」

陽炎和薄緋一問，秀尚想起原本的目的。

「嗯，對。也裝飾夠了，可以幫忙整理桌面嗎？陽炎先生和薄緋先生請來幫我端料理上來。」

秀尚說完，看見孩子們開始整理後，和陽炎、薄緋一起下樓，接著依序把餐具與料理端上二樓。

「哇啊啊，有好多三明治喔！」

「這個跟花花一樣的東西是炸雞塊嗎？」

孩子們看見擺上桌的料理歡呼。

「對，是炸雞塊。我做了很多，大家可以儘管吃喔。」

「還有焗烤耶！」

「我最喜歡焗烤了。」

「我也是～～！」

看著孩子們興奮地歡呼尖叫，讓秀尚覺得花工夫做真是太好了。

等到料理全端上桌，大家圍在桌子邊坐下。

今天生日的淺蔥、萌黃和壽壽坐在正中央。

秀尚把用圖畫紙做成三個不同顏色的圓錐帽交給三人戴上。

戴上和電視上相同的圓錐帽，三人滿臉笑容地互相看彼此。

「真好……」

看見三人的帽子後，殊尋小聲說。

雖然不是什麼大不了的東西，但他們似乎很羨慕。

「大家生日時我也會做相同的東西，所以敬請期待吧。」

秀尚說完後，殊尋乖乖點頭。

「那麼，我們開動吧。雙手合掌說：『我要開動了。』」

大家接著唱和後，慶生會正式開始。開始吃飯後，其實就是稍微豪華的午餐而已。

「哇，這個三明治，是橘子耶。」

「我的是煎蛋捲。」

「豐峯吃到的是起司和番茄！」

三明治總共有六種，其他還有小黃瓜片和美乃滋鮪魚，火腿和美乃滋切片洋蔥，以及照燒漢堡排和高麗菜絲的組合。

在三明治得到歡呼聲的同時，

「炸雞塊好好吃～～」

「這個炸雞塊有咖哩的味道！」

鹽味與咖哩口味的兩種炸雞塊得到迴響後，

「哎呀，這個焗烤是以蔬菜為主呢。」

吃下焗烤的薄緋相當意外地表示。

「因為我想讓他們吃多一點蔬菜，味道太淡了嗎？」

「不會，有很多起司，而且醬料味道也夠重，調味正剛好。」

薄緋才剛說完，

「焗烤裡面的紅蘿蔔，是星星形狀的耶。」

同樣吃下焗烤的孩子發現做成星形的紅蘿蔔了。

「真的耶，好可愛喔！」

「你還真是下工夫呢。」

陽炎佩服地說。他右手拿炸雞塊，左手拿小黃瓜片和美乃滋鮪魚的三明治。

「哇，大人做出最不值得學習的行為。」

秀尚帶著捉弄語氣說完後，陽炎表情認真回應：

「好吃的東西就要先確保才行。」

雖然這樣說，他也把炸雞塊放到吃飯速度慢的壽壽盤子裡。

「小壽，好吃嗎？」

秀尚一問，壽壽笑著點頭：

「小壽，喜歡三治。」

直接回應他記錯的三明治名稱。

「有很多，你慢慢吃喔。」

壽壽頻頻點頭也努力咀嚼，看著他這副模樣，秀尚也伸手取餐。

等到孩子們吃飽後，把剩下的料理全端回廚房。讓他們拖拖拉拉繼續吃也不好，而且大家或許因為料理而忘掉了，三點可是準備好蛋糕當點心了。

吃完飯後，孩子們暫時坐著不動聊天，等到食物稍微消化後，又一如往常地開始玩起來。

盡情吃飽肚子的陽炎躺在一旁看著這個光景，薄緋則是規矩地跪坐，他的腳被兩隻小狐狸占據。

接著到了點心時間，午餐明明吃了那麼多，還跑來催促：

「加之哥哥，三點了！」

「是吃點心的時間！」

大概是胃裡的食物還沒消化完吧，陽炎半羨慕半傻眼地說：

「你們還真是活力充沛耶。」

「因為三點了啊。」

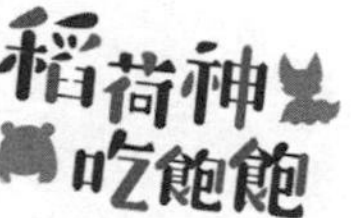

「三點是點心時間。」

陽炎不怎麼感興趣的樣子，反而讓孩子們用「不可思議」的感覺回應。

「我有準備好點心喔，今天是特別的東西。」

秀尚說完後站起身，要孩子們和午餐時一樣在桌子旁邊坐好，接著和陽炎、薄緋一起到廚房。

接著三人人手一個「特別的東西」走回房間，孩子們看見之後歡欣大叫：

「是蛋糕！」

「好厲害喔！不是三角形，是圓形的蛋糕！」

孩子們的眼睛閃閃發亮。

「好，大家冷靜一下。」

今天過生日的三人和剛剛相同並坐在一起，秀尚邊說邊走到他們身邊，把蛋糕放在淺蔥面前，陽炎和薄緋也分別把蛋糕擺在萌黃、壽壽面前。

「欸～～只有他們三個嗎？」

豐峯相當不滿。

「等一下會分給大家啦，還有生日的儀式還沒做完啊。」

秀尚邊笑邊說，從口袋拿出三根蠟燭，分別插在三個蛋糕的正中央，接著點火。

「接下來，大家一起唱生日快樂歌，替他們三個人慶祝。唱完歌之後，你們三

個先許願，然後吹熄蠟燭。」

說明後，大家先練習唱生日快樂歌。

「你們三個都決定好許什麼願望了嗎？」

確認後，萌黃非常認真地問：

「許什麼願望都可以嗎？」

「嗯，什麼都可以。」

「要說出來嗎？」淺蔥接著問。

「不用，你在心裡說完後吹熄蠟燭。如果其他人聽到沒關係的話，也可以說出來。」

「我知道了！」

淺蔥和萌黃彼此互看，彷彿確認了什麼之後又看著壽壽。

「小壽決定好願望了嗎？」

被萌黃一問，壽壽點點頭。

「似乎都準備好了，那我們來唱生日快樂歌喔。好，開始。」

秀尚帶頭，大家異口同聲唱出剛剛練習的生日快樂歌。

大概因為旋律單純且歌詞大多重複，儘管只練習一次，大家幾乎都能唱出口。

接著在唱完歌時，淺蔥和萌黃雙手交握，沉默一段時間許願後吹熄蠟燭。

壽壽晚一步也吹熄蠟燭，一度消失火光的蠟燭似乎沒有完全吹熄，火光又慢慢重現。

「小壽加油。」

秀尚說完，壽壽又吹了一次，但力道不夠，還是沒有吹熄。

「小壽再靠近一點。」

壽壽照著指示坐起身體靠近蛋糕，「呼」地用力一吹。火終於熄滅了，大家鼓掌歡呼，但原本笑容滿面的壽壽突然淚滿盈眶。

「小壽怎麼了？」

慌張一問，壽壽說：

「小壽……忘記許願了。」

似乎是太專注吹熄蠟燭，忘了該要許願了。

「真拿你沒辦法，那我們重來一次吧。」

秀尚再次點燃壽壽的蠟燭。

「先許願……許好了嗎？接著吹熄蠟燭。」

壽壽這次確實許願後吹熄蠟燭，接著大家齊聲鼓掌。

「你們三個，生日快樂。」

秀尚說完後，三人開心地笑，接著大家切開生日蛋糕一起享用。

就這樣，大家第一次的慶生會溫馨落幕了。

# 番外篇——庭院露營

「加之哥哥、加之哥哥。」

週二，加之屋的公休，稻荷候補生的孩子們從「狹間之地」來玩，原本和幾個人一起看電視的萌黃，突然跑到唸繪本給其他孩子聽的秀尚身旁叫他。

「我想要到外面去露營。」

沒頭沒尾的一句話讓秀尚不禁歪頭。

「露營？」

「剛剛電視在播啊！在外面吃飯，還有營火。」

萌黃說完，其他看電視的孩子們也聚集過來，眼睛閃閃發亮地熱烈闡述：

「大家在很像三角形，又很像四角形的窗簾做成的房子裡玩！」

「晚上有營火，還一起吃飯、唱歌！」

——啊……這完全是不說「我們來露營吧」，他們絕對不退讓的狀況啊。

雖然秀尚有這等認知，但孩子們有大大的耳朵和尾巴，明顯不是人類的外表，因此基本上的最大原則就是只能在加之屋裡面玩。

「大家有辦法把耳朵和尾巴藏起來，我們就去露營吧。」

秀尚駁回要求後，孩子們雖然不滿也很難得地乖乖退讓了。

但就在隔週，秀尚得知孩子們乖乖退讓的理由。

「……陽炎先生，你會不會太寵孩子了啊？」

看見用法術完美隱藏起耳朵和尾巴的孩子們，和施法術的當事人陽炎一起來加之屋，秀尚偷偷對陽炎咬耳朵。

「因為這些傢伙們哀求的樣子太可愛了嘛。」

陽炎毫不在意地問孩子們：「對吧？」藏起耳朵和尾巴的孩子們滿臉笑容地點頭後，重複說出上週的請求：

「加之哥哥，我們想要露營！」

「要到外面吃飯、燒營火、唱歌！」

「……哎喲，真是的……」

才剛說完「有辦法把耳朵和尾巴藏起來，我們就去露營」，就算孩子們不是靠自己，也不能視而不見孩子們絞盡腦汁的努力，秀尚只好妥協。

「好啦，那我們去後院吧。」

秀尚這句話讓孩子們開心地又跳又叫。

加之屋的後院寬敞，但有點危險。後院種有灌木叢，這是「不可以繼續往前進」的界線，因為後頭就是個小懸崖。

也因為如此，不需要擔心被人從另外一頭看見。

「絕對不可以到灌木叢那邊去，知道了嗎？」

秀尚在地上鋪好塑膠布準備讓孩子們坐，邊把榻榻米用的坐墊分給大家邊交代著，孩子們都乖乖應好，但除了淺蔥和萌黃外，大家都是第一次到人界的「戶外」，所以相當興奮。

「那麼，總之先吃午餐吧。」

因為突然決定要露營，當然不可能事前做好ＢＢＱ的準備，午餐和平常一樣吃烏龍麵，今天就在戶外吃飯。

「在外面吃和平常不一樣，好有趣！」

「下一次也想要吃吃看飯糰，大家在電視上都有吃。」

淺蔥笑咪咪說完後，萌黃立刻可愛地央求。

「嗯～～下次吧，雖然沒辦法下週，改天有機會吧。」

明確表示「下次」不是「下週」，如果不這樣做，下週就會發展成很頭痛的狀況。

「好嚴格喔。」

陽炎邊吸烏龍麵邊對秀尚說。

「因為有人太寵他們了，所以我被迫得要嚴格點啊。」

就算語帶嘲諷，陽炎也不是太在意。

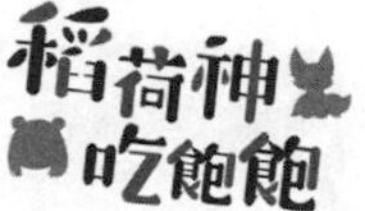

雖說是露營，但孩子們想做的也只有「在外面吃飯」、「在帳篷裡打滾」、「營火」這三件事，但既沒有帳篷，現在也沒辦法隨隨便便就搭營火。

所以提出的替代方案，就是燭光晚餐。

店裡有在稻荷神社裡供奉燈火用的蠟燭，到了晚上就把這些蠟燭放在有缺角或是有裂縫的玻璃杯裡，擺在庭院各處。

雖然是很微弱的光芒，但火焰晃動的樣子相當夢幻，很是美麗。

「好漂亮……」

十重和二十重這對雙胞胎姐妹敏感地感覺浪漫，完美地異口同聲輕語。

但在這浪漫的背後，

「……太暗了，害我拿錯淋到醬油了啦！」

「我把菜弄掉了……」

這些事故頻繁發生，於是便草草結束燭光晚餐。接著一如往常回到店裡吃晚餐，孩子們的露營遊戲在此畫下句點。

國家圖書館出版品預行編目資料

小狐狸們開飯囉！稻荷神吃飽飽/松幸果步著；林于梈譯. -- 初版.-- 臺北市：皇冠, 2021.3 面；公分. --
（皇冠叢書；第4923種；mild 34）
譯自：こぎつね、わらわら　稲荷神のまんぷく飯

ISBN 978-957-33-3669-3（平裝）

861.57　　110001290

皇冠叢書第4923種
mild 34

# 小狐狸們開飯囉！稻荷神吃飽飽

こぎつね、わらわら　稲荷神のまんぷく飯



作　　者—松幸果步
譯　　者—林于梈
發 行 人—平雲
出版發行—皇冠文化出版有限公司
台北市敦化北路120巷50號
電話◎02-27168888
郵撥帳號◎15261516號
皇冠出版社(香港)有限公司
香港銅鑼灣道180號百樂商業中心
19字樓1903室
電話◎2529-1778　傳真◎2527-0904
總 編 輯—許婷婷
責任編輯—張懿祥
美術設計—單宇
著作完成日期—2019年
初版一刷日期—2021年3月

法律顧問—王惠光律師

讀者服務傳真專線◎02-27150507
電腦編號◎562034
ISBN◎978-957-33-3669-3
Printed in Taiwan
本書定價◎新台幣260元/港幣87元